吸血鬼が祈った日

赤川次郎

イラストレーション／ホラグチカヨ
目次デザイン／川谷デザイン

吸血鬼が祈った日

CONTENTS

吸血鬼が祈った日

吸血鬼が祈った日

三年目の帰宅

「着きましたよ、お客さん」

運転手に大きな声で呼ばれて、中宮《なかみや》はハッと目を覚ました。

ん？　ああ、着いたのか。でも、どうしてこの運転手、日本語をしゃべるのかな。

まだだいぶぼんやりしていたらしい。——外を見て、中宮は、やっと思い出した。

そうか。俺は日本に帰ってきたんだ。ここは俺の家の前だ。

「荷物を下ろしましょうか」

親切な運転手で、自分も外へ出て、後ろのトランクに入ったスーツケースを出してくれた。成田《なりた》から都心まで乗ったのだから、これくらいのサービスはしてもいいと思ったのかもしれない。

「——ああ、ありがとう」

料金を払って、千円余りのおつりは、

「取っといてくれ」

と渡してやった。

「こりゃどうもすみません」

運転手はニコニコして礼を言った。——タクシーが走り去ると、中宮は、我が家を眺めて、ちょっと顔をしかめた。

夜の七時を回っているというのに、明かりが点《つ》いていない。——留守なのかな？

そんなはずはない。今日帰国することは、ちゃんと事前に手紙で知らせてある。

三年間の海外勤務。その間、一度も日本には戻れなかった。といって、戦火《せんか》の絶えない中東《ちゅうとう》では、妻の秋子《あきこ》、娘の則子《のりこ》を呼ぶというわけにもいかず、結局、三年間、中宮は一度も妻子の顔を見ていなかったのだ。

三年。——妻の秋子はともかく、娘の則子は十五歳から十八歳になっている。どんなに変わってしまっただろうか。

本当なら——中宮はふたりが迎えに成田空港まで来てくれているのではないかと期待していたのだ。しかし、飛行機は予定通りに着いたのだが、出迎えの人たちの中に、秋子や則子の姿はなかった。

まあ、今日は日曜日といっても、秋子も則子も、それぞれに忙しいのだろうし、迎えに来られなくても仕方のないことだ、と中宮は自分へ言い聞かせた。

しかし——こうして家の明かりが消えているとなると、中宮も少々不安である。今日着くという手紙が届かなかったのか。それとも、着く時間を勘違いして、入れ違いに成田へ行ってしまったのか。

ともかく、中宮は、車輪のついた重いスーツケースを転がしながら、玄関へと歩いていった。

ふと、妙な匂《にお》いがした。——何だ？　これはどうやら……。線香か何かのような匂いだが……。

中宮は、玄関のチャイムを鳴らしてみた。家の中で鳴っているのが、ドアを通して、かすかに聞こえてくる。

そうだ。この音だった。思い出したぞ。

しかし、何度チャイムを鳴らしても、家の中に人の気配はしなかった。

やはり留守なのか。

「困ったな……」

と、中宮は呟《つぶや》いた。

家の鍵《かぎ》を持っていないのだ。中東へ行って、日本の自宅の鍵を持って歩くこともあるまい。

しかし、これでは入れない。——正直なところ、少々腹が立った。

十何時間もの飛行機の旅で、中宮はクタクタに疲れている。帰ってみたら、家には誰もいない。

「忘れられちまったのかな」

と、中宮はやけ気味に呟いた。

すると——何だかバタバタと、駆けてくる足音が、道のほうで聞こえた。

もしかしたら、秋子と則子かもしれない。中宮は、道のほうへ出てみた。

しかし、それは『ふたり組』には違いなかったが、どう見ても秋子と則子ではなかった。

「お父さん、急いで！」

と、女の子のほうが声をかける。

「分かっとる！」

答えたのは父親らしいが、しかしこれが——。

中宮は、目を疑った。その男、何とも珍妙な格好をしているのだ。

日本人ではないらしいし、それに服装ときたら、黒いマントをひるがえし——そう、映画に出てくる『吸血鬼』といういでたちなのである。

少しイカレてるのかな？

中宮が呆《あき》れて眺めていると、そのふたり、何と中宮の目の前で、パタッと足を止めた。

「ここだわ！」

と、娘が言って、中宮に気づくと、

「——あなた、どなた?」

と訊《き》いてきた。

「君こそ誰だ?」

中宮は訊き返した。

「ぐずぐずしてられないのよ! お父さん! 早く家の中へ——」

と、その『吸血鬼』スタイルの男が、中宮を押しのけて玄関へ。

「分かった!」

「おい、待て!」

と、中宮はあわてて声をかけたが……。

「エイッ!」

と一声、その男は、ドアをバリッともぎ取ってしまったのだ。

中宮は啞然《あぜん》とした。

「——何をするんだ、私の家を!」

娘のほうがハッと振り向いて、

「則子さんのお父さん?」

「そうだ! 君はいったい——」

「帰ってきたの？　良かった！」

「ちっとも良かない、どういうことだ、これは！」

「奥さんと娘さんが危ないんです！　ともかく中へ！」

娘は、例の『吸血鬼』と一緒に、家の中へ飛び込んでいく。中宮は、

「危ない、って……。おい、それはどういう意味だ！」

と叫びつつ、自分の家へと駆け込んだ。

思わずムッとした。——玄関で匂った、あの香《こう》の匂いが、家の中に濃く立ちこめているのだ。

どうなってるんだ、これは！

「秋子！　則子！」

中宮は大声で叫んだ。

「二階よ、お父さん！」

と、その娘が、階段を駆け上がっていく。

続いて、父親のほうも。——中宮も、わけの分からないまま、ついていった。

二階はいやに暗い。明かりは点いているのだが、なぜか布で覆《おお》われていて、真下だけしか光が行かないようにしてあるのだ。

あの香の匂いは、二階へ上がると、もっと強くなった。

「その戸よ!」

と、娘のほうが指さした先を見て、中宮は、目を丸くした。

「何だ、こいつは? こんなもの、うちにはなかったぞ!」

それは、廊下《ろうか》の奥に、廊下の幅と高さいっぱいに設けられた大きな扉だった。木の、どっしりと重そうなもので、表面には、中央に奇妙な蛇《へび》の印、それを取り囲んで、剣の形が浮き彫りになっていた。

「破れる?」

と、娘が訊く。

「頑丈そうだが、やってみよう。——退《さ》がっていろ」

「うん。——中宮さん、あなたも、退がってください」

「これは何だ?」

「後で説明します! 今はともかく退がって!」

その娘が、凄《すご》い力で、中宮をぐっと引っ張った。中宮は足がもつれて転倒した。

「ウォーッ!」

あの『吸血鬼』が、凄い声を上げて、正面の扉に向かって突進していく。

そして——中宮の目がどうかしていたのでなければ、その扉は、ぶつかる直前に、ガーンと凄い音をたてて四方に裂けた。

「やった！」

と、娘が叫んだ。

が――扉の向こうは、もうもうと煙が立ちこめていて、何も見えない。その煙が、例の匂いのもとだと中宮は気づいた。

そして、煙の濃い渦を通して、中宮は、赤く光るものを――ふたつ、まるで誰かの目、のように光っているのを、見たような気がした。

「おい！」

と、声がして、『吸血鬼』スタイルの男が、煙の中から現れた。

「救急車だ！」

男の両わきに、女がひとりずつ、かかえられていた。――秋子と則子だ。

「はい！」

娘が、階段を一気に飛び下りた。

「秋子！　則子！」

中宮は、愕然《がくぜん》とした。

「何だ、あんたはここの亭主か？」

と、その男が訊いた。

「そ、そうですが――」

「ふたりとも、意識がない。ともかく今は急いで病院へ」

「ど、どうしたんです？　――ああ、秋子！　則子！　パパが帰ってきたというのに」

「話は後だ」

と、その男は、両わきにふたりをかかえたまま、階段を下りていった。

「――今、救急車、呼んだわ。五、六分で来るって」

「そうか」

リビングへ入って、明るい光の下で見ると、中宮は、思わず声を上げた。

「血が！」

ふたりとも、胸から腹にかけて、服が血で染まっている。

「出血がひどいな」

「ど、どうしてこんな……」

「刺し違えたのだ」

「刺し違えた？」

「お父さん」

と、娘が言った。

「出血を止められない？」

「うむ。――やってみるか。おまえは、こっちの子のほうをやれ」

「分かったわ」

「もっと晩飯を食っとくんだった」

――中宮は、ポカンとして、その父娘《おやこ》が、それぞれ秋子と則子の服を裂き、傷口を出すのを見ていた。

「いいか、――邪魔《じゃま》するなよ」

「お互い様でしょ」

というやり取りの後――中宮は、ふたりのほうへ歩み寄ろうとした。

突然、中宮は、何だか、目に見えない手で突き飛ばされたように、後ろへ三メートル近くも吹っ飛んで、壁にぶつかってしまった。

「ワッ！」

いやというほど頭を打って、しばらく目が回って立てなかった。

やっとこ立ち上がってみると……。

中宮は、また唖然《あぜん》とした。あの娘が失神《しっしん》したように床に倒れていて、父親のほうは、座り込んでハアハア息を切らしていたのである。

白い聖堂

中宮《なかみや》は、レストランへ入っていくと、店の中を見回した。

そして、あのふたり――もちろん、そのスタイルの通り、本物の吸血鬼たる、フォン・クロロックと、娘の神代《かみしろ》エリカがいるテーブルのほうへ歩いていった。

「あ、ちょっと」

と、中宮を呼び止めたのは、このレストランの支配人らしい男。

「何です?」

「あのふたりをご存知ですか?」

「ええ。それが――」

「大丈夫ですかね、支払いのほうは」

と、声をひそめて、

「何しろ、さっきから、ふたりでスープ五皿、ステーキ六枚も平らげてるんです」

「いくらでも、出してあげてください」

と、中宮は言った。

「たとえ、牛の丸焼きだっていい。払いは私が持ちます。さあ——」

中宮が、取りあえず、と、財布から五万円出して渡すと、相手はホッとした様子だった。

「——あ、中宮さん」

エリカが先に気づいたのは、ほぼ、満足するところまで食べていたからだろう。

「ふたりの様子は？」

「おかげさまで」

中宮は、床にまでとどきそうなくらい、深々と頭を下げた。

「何とか命は取り止めるそうです」

「良かった！——ねえ、お父さん、聞いた？」

「うん？」

クロロックは、ステーキをペロリと平らげると、

「おい！　ご飯のおかわりだ！」

と怒鳴った。

「お父さん、ライス十皿目よ」

「うむ。これでやめとく」

「いや、どうぞ、お好きなだけ召しあがってください」

中宮は、椅子《いす》にかけると、

「それで破産してもいっこうに構いません」

「いや、いいのだ」

と、クロロックは首を振って、

「人間、あんなことで死んではいかん。まったくもったいない話だからな」

「ただ、中宮さん、私たちが、おふたりの傷の手当てをしたこと、黙っていてくださいました？」

「もちろんです。しかし、医者のほうは、首をひねっていましたよ」

中宮も、やっと笑顔を見せた。

――もちろん、中宮も、このふたりが並の人間じゃないことは分かっているが、妻と娘の命の恩人とあっては、それはたいしたことではなかった。

ステーキ七枚の後、デザートにケーキを十二個平らげ（エリカがそのうち何個食べたかは、ご想像に任せる）、やっとコーヒーになってから、

「ところで、エリカさん」

と、中宮が言った。

「則子《のりこ》は、あなたの後輩に当たるということですが……」

「ええ。則子さん、N大の一年生です。図書館で知り合いになって、時々、お宅にもうかがっていました」

「そうですか」

中宮は、ため息をついて、

「私は三年間、海外勤務で、一度もこちらへは帰りませんでした。忙しさにかまけて、手紙も出さなかった……。留守宅がどうなっているか、さっぱり分からなかったのです」

「そうでしょうね。でも、則子さんよく、中宮さんのことを話していましたよ。すごく大変な所で仕事をしているんだって」

「そうですか……」

「ともかく、初めからお話ししないと、分かっていただけませんよね」

エリカは座り直した。

「実は——」

と言いかけて、ちょっと遠慮がちに、

「もうひとつ、ケーキを頼んでもいいですか？」

「——これ、なあに？」

と、言ったのは、橋口《はしぐち》みどりだった。

一緒に歩いているおなじみ三人組――エリカを真ん中に、ぐっと太目のみどり、そしてノッポの大月千代子《おおつきちよこ》。もちろん、全員N大生で、しかし、大学生になっても、みどりの食欲はいっこうに衰《おとろ》えを知らなかった。

今も、休日の午後、三人で揃《そろ》って映画を見に行き、その帰り道、ぶらぶら歩きながら、みどりはひとり、買ってきたドーナツを食べていたのである。

「これ、なあに？」

と、みどりが思わず言ったのは、そこにやけに変わった建物がたっていたからである。

「面白いデザインね」

と、エリカが言った。

「ラブホテルじゃない？」

と、千代子が、大胆な意見を述べる。

「ケーキ屋さんかもしれないわ」

みどりの発想は、いかにも、という感じだった。

しかし、確かに、そのどれかが事実だとしてもおかしくないような、真っ白な建物だった。半球型の屋根は、まるで天文台のようだ。

しかし、こんな都心の空気の悪いところに、天文台が作られるはずもない。それに、建物自体、かなりの大きさである。

そう。――イメージからすると、まるで何かの宗教の教会のようだった。

「そういえば――」

と、千代子が思い出したように、

「先月だったかな、このへん通ったときに、ここ、工事してたんだ。思い出した」

「そう」

「何ができるのかなあ、と思ったのよ。でも何も書いてなかったんだわ」

「ケーキ屋さんじゃなかった?」

みどりはまだこだわっている。

「ケーキ屋さんにしちゃ大きすぎるわ」

「そう? でも、世界のケーキを並べて、みんなで食べくらべする……」

「勝手に自分の夢を実現させないのよ」

と、エリカが笑った。

すると――突然、

「誰だ!」

と、凄《すご》い声がして、三人ともワッと飛び上がりそうになった。

「笑ったのは誰だ!」

道路から、その白い建物まで、少し引っ込んでいて、そこにやはり白い石を敷いた道ができている。その道を、エリカたちのほうへやってきたのは、中世《ちゆうせい》の修道僧みたいに、足までスッポリと隠れる衣《ころも》をまとった男。

しかし、修道僧のものは質素だろうが、こちらはかなり分厚い、豪華な布で作られていて、胸のあたりに、金の糸で、蛇《へび》の形が縫《ぬ》い込んであった。

「誰だ、今笑ったのは？」

——エリカは、ふと寒さを感じた。

どこか冷ややかなものを、その頭の禿《は》げ上がった、ちょっと目つきの鋭い中年の男から、感じ取ったのである。

それは、いわゆる「冷たい目で見る」というのとはまったく違って、その男自身が周囲に冷たい空気を漂《ただよ》わせている、といった印象だった。

「私です」

と、エリカは答えた。

「ここがどこか知っていて、笑ったのか？」

男の訊《き》き方は、もう怒っているという調子が消えて、ごく淡々としていた。しかし、それがまたかえって気味が悪い。

「いいえ。ただ、友だちと話してて笑ったんです」

と、エリカは言ったが、内心、大きなお世話よ、という気持ちだったのは当然である。

「そうか……」

男の目が、じっとエリカに据《す》えられる。

エリカは、男がぐっと迫ってくるような（精神的に、である）気がして、ハッと反射的に身構えた。

催眠術にかけようとしてるわ！　かかってたまるか！

エリカは、男の、つかみかかってくる見えない手を、ぐい、と押し返してやった。男が、目を見開く。

まさか、この女の子に、そんな真似《まね》ができるとは思わなかったのだろう。

「君は、何という名だね」

と、男は訊いた。

「名を訊くときは、ご自分からどうぞ」

「なるほど」

男は、微笑した。

「これは失礼したね」

「ここは、あなたの教会？」

「教会、か……。まあ、そんなところだ」

男は、振り向いて、白い丸屋根を見上げると、言った。

「正しくは聖堂と呼んでいる」

「聖堂……」

「君は、変わったところのある子らしい。一度来てみないかね」

ごめんですね、とエリカは思ったが、

「忙しいので」

と、言っておいた。

「そうか。――ここは間もなく完成する。もしここを通ることがあれば立ち寄りなさい」

と、男は言った。

聞いていたみどりが、おずおずと、

「オープンのとき、パーティか何かあります？」

と訊いた。

「行こうよ」

エリカは、みどりと千代子を促《うなが》して歩きだした。

すると、タクシーが一台、走ってきて停《と》まった。

「――ああ、これは中宮《なかみや》さん。いらっしゃい」

男の声に、エリカは振り向いた。

タクシーから降りたのは、四十代なかばという女性で、しっかりと大きめのバッグを抱きかかえるようにして持っている。

中宮？　――エリカは、あの男につき添われて、例の白い建物――聖堂の中へ入っていく女性の後ろ姿を見送っていた。

「エリカ、どうしたの？」

と、千代子が訊く。

「今の人……」

「え？」

「今、入っていった女の人、見たことあるのよ」

「中――何とか、って言ってたね」

「中宮……。そうか。則子《のりこ》さんのお母さんだわ」

と、エリカは言った。

「則子？　――ああ、一年生の子でしょ、わりと可愛《かわい》い」

「そう。お父さんが海外にずっと行ってて……その家まで遊びに行ったことがあるわ」

「そのお母さん？　へえ、ここの信者なのかしらね」

「そうね」

エリカは、あの母親——確か、中宮秋子《あきこ》といったと思うが——が、いやに急いでいる様子だったことに、不安を感じた。

しかし、ここで立っていても仕方ない。

「じゃ、行こうか」

と、また三人は歩きだしたのだが……。

タタタッと走ってくる足音が、後ろで聞こえて、エリカは振り返った。

ただごとではない様子で走ってくるのは——。

「あの子じゃない？」

と、千代子が言った。

「そう。則子さんだわ」

エリカは、則子が、あの聖堂へと駆けていくのを見ていた。

「——行かないの？」

と、あまり興味のなさそうなみどりが言った。

「ふたりで先に行ってて。すぐ追いつくから」

エリカは、みどりと千代子を先に行かせると、電柱の陰に身をひそめて、様子を見ていた。

則子は、聖堂の中へと入っていっていた。

——あの様子、何かよほどの……。

そういえば、このところ則子と会っていなかったのだが。

ほんの二、三分たったころだった。

則子の甲高《かんだか》い声が聞こえたと思うと、聖堂の正面の扉が開いて、則子が転がるように出てきた。いや、突き飛ばされたのだ、と言ったほうがいいだろう。

よろけて、則子は白い道に倒れた。

「何するのよ！」

「二度と中へ入るなよ！」

と、まるで、扉をふさいでしまいそうな大男が言った。

聖堂だか何だか知らないが、まるでヤクザの用心棒。黒の上下に、黒のセーターという、人相の良くない男である。

則子は、しかし、負けていない。パッと起き上がると、

「お母さんに会わせて！」

と叫びながら、その大男にぶつかっていった。

が、しょせん大人と子供——いや赤ん坊ぐらいの差がある。ポンと突き放されて、則子はまた道に転がった。

「こりねえ奴《やつ》だな」

と、その男が笑った。

「――何だ、てめえは？」

目の前に、エリカが立ったのである。

「女の子をいじめて、それでも男？」

と、エリカは言ってやった。

「うるせえ。引っ込んでねえと、おまえもそいつみたいに転がしてやるぞ」

と、男が近寄ってくる。

「そう？」

と言うなり、エリカは、男の足をパッと払った。

「ワッ！」

大きな体が、デン、とひっくり返る。

「――さ、則子さん、立てる？」

「エリカさん！」

則子は、びっくりした様子で、

「どうしてここに――？」

「通りすがりよ」

エリカは、則子が、足を少しひねったのか、痛そうにしているのを見ると、

「大丈夫？　肩につかまっていいわよ」

その間に、起き上がった男は、顔を真っ赤にして、

「待て！　きさま――」

と、エリカにつかみかかろうとする。

「ほら、肩へ腕を回して――」

と言いながら、エリカの肘《ひじ》が男の腹へドンとぶち当たった。

「グ……」

男が目をむいて、腹を押さえてうずくまってしまった。

「さあ、行きましょう。話を聞くわ」

「すみません……」

則子は、ちょっと涙ぐんで、エリカにつかまりながら、歩きだした。

「――みどりと千代子が先で待ってるわ」

と、エリカは言った。

「母が入っていくの、見ました？」

「ええ。あそこに何の用で？」

「とんでもないことになってしまって……」

と、則子は、首を振った。

歩いていくと、みどりたちが戻ってきたところで、

「どうしたのよ?」

「うん、ちょっとね」

エリカは、則子の腕を外すと、

「みどり、代わって。その先の喫茶店で、少し休もうよ」

「賛成!」

みどりは、何か食べたり飲んだりする所に入るのは、いつも賛成なのである。

「エリカ、何か追っかけてきたわよ」

と、千代子が言った。

「そう?」

エリカが振り向く。——あの男が、今度こそ、顔を怒りにゆがませて、ウォーッと吠《ほ》えながら、追ってくる。

「うるさいなあ」

と、エリカは呟《つぶや》いた。

すると、どこから飛んできたのか、白いボールがひとつ、ピュッと風を切って、カーン、と音をたてて、その男の頭に当たった。

あの音の良さは、きっと中は空っぽなのに違いない。

男はドテッと仰向《あおむ》けにひっくり返った。

「——やあ、少し飛びすぎたか」

と、声がして、やってきたのは——。

「お父さん！　何してるの？」

エリカは、クロロックがバットを手にしてやってくるのを見て、びっくりした。

「うむ。近所の子に頼まれて、少年野球のコーチをしていたのだ。このところ運動不足なので、ちょうどいい。——あの男はどうかしたのか？」

「ううん、いいのよ。それより、お父さん、あんまり変なこと教えると、悪いわよ」

「何を言うか！　こう見えても、洞窟《どうくつ》のＴＶで、いつも野球中継を見ておったのだぞ」

「自慢にならないでしょ」

「それに、昔から吸血鬼は野球に縁がある」

「本当？　知らなかったわ」

「吸血鬼はよく、バット（こうもり）に姿を変えるだろう」

——変なシャレ！

謎の教祖

「――何ですって?」

エリカは唖然《あぜん》とした。

「じゃ、あなたのお母さん、全財産を、あの教団に?」

「そうなんです」

則子《のりこ》は、肩を落として、

「いくら言っても、だめなんですよ。もう他のことは頭にないみたいで……」

「ひどい話ね」

と、千代子《ちよこ》が憤然《ふんぜん》として、

「警察に届けたら?」

「行ってみました。でも――自主的に寄付しているんだから、取り締まるわけにはいかないって」

それはそうかもしれない。また、逆に宗教がそう簡単に取り締まられるようになっては困ってしまう。

「いつごろからなの？」

「ええ……」

則子は、少し考えてから、

「今思うと、たぶん——一年ぐらい前、母が入院したころからだと思います」

「お母さんが入院？」

エリカは意外な気がした。

「知らなかったわ。どこか悪くて？」

「いえ……。母、お酒を飲み始めていたんです。——軽い中毒みたいになって」

「まあ」

「気の毒ね」

と、みどりが首を振って、

「どうせなら、ケーキの中毒になれば、太るぐらいで済むのに」

「父が、一年で帰るはずだったのに、ずっとのびのびになって。それも原因だったと思います」

「なるほどね」

「で、その入院中に、あの教団のことを知ったらしいんです」

「何ていうの、あの教団？」

「〈蛇《へび》と火と光〉といいます」

「あんまり聞かないわね」

「でも、何だか、このところずいぶん広まってるらしくて。入院患者の中に、その信者の人がいて、母を誘ったようです」

「で、だんだん――」

「すぐに、というわけじゃありませんでした。母も、退院したときは、元の通りになっていて、アルコールも絶ち、そんな教団の話をしてはくれましたけど、入るなんて気はなかったようです」

「じゃ、何がきっかけで？」

「教祖です」

「教祖。――もしかして、長い僧服のようなのを着た……」

「ええ、そうです」

と、則子は肯《うなず》いた。

「あの男が、母に会ったんです。――その日から、母は変わってしまいました……」

則子は、深々と、ため息をついた。

「気の毒ねえ」

と、クロロックの妻、涼子《りょうこ》が、夕食の支度をしながら言った。

涼子は、一応エリカの母親ということになるが、後妻で、エリカよりひとつ年下なのである。

「何とかならないのかしら」

「でも、法律に触れてないから、どうにもならないんですって」

と、エリカは、弟の虎《とら》ノ介《すけ》をあやしながら言った。

「それにしたって……。ねえ、あなた」

「うむ」

クロロックは、哲学的な表情で、

「やはり、そうか」

と肯いている。

「何を感心してるの？」

「いや、〈今週のベストテン〉のトップが早くも入れかわったのでな……」

「――あなた！」

と、涼子が雷《かみなり》を落とすと、

「はいはい」

と、クロロックがあわててリモコンでTVを消した。

先祖の吸血鬼が見たら、情けない、と嘆《なげ》いたかもしれないが、吸血鬼とて、現代に生きる以上は、現代的な生き方をするしかないのである。

「しかしなあ——」

と、クロロックも、別に話を聞いていなかったわけではないらしく、

「おまえたちの気持ちはよく分かる。しかし、こういうことは、それこそ個人の問題だ。たとえ、全財産を投げ出したとしても、それで当人が満足しているのなら、それに他人が口を出すわけにはいかん」

「まあ！」

と、涼子はキッと目をつり上げて、

「あなたがそんなに冷たい人だなんて。——分かりました」

涼子は、いやによそよそしい口調になって、

「長い間お世話になりました」

「おい、涼子——」

「私、虎ノ介を連れて、出ていきます」

と、涼子、虎ノ介をヒョイと抱っこして、

「たとえ、どんなに苦労しても、あなたなしで、この子を立派に育ててみせます」

「ちょっと――ちょっと待て！」

クロロックはあわてて立ち上がると、

「分かった！　何もおまえが出ていくことはないじゃないか」

「私、あなたがこんなに冷たい人だとは――」

「だからっておまえがここを出る必要はない！　代わりにエリカを追い出して手を打とう」

エリカは、ひっくり返りそうになった。

何だと思ってんのよ！　冗談じゃない！

夫婦喧嘩《げんか》の巻き添えで追い出されちゃたまらない！

が、涼子も涼子で、

「そう？　じゃ、今までエリカさんの使っていた部屋は私が使おうかしら」

なんてやっている。

どっちが「冷たい人」なんだか……。

そこへ、玄関のチャイムが鳴った。エリカは、少しホッとした。何といっても、客の前でエリカを放り出すことはあるまい。

玄関のほうへ出ていくと、

「エリカさん。――中宮則子です」

うまい具合に、当の則子である。

エリカは、早速則子を中へ入れた。しかし――昼間の、あの絶望的な表情に比べると、いやに明るい顔をしているのだ。

「――ご心配かけてすみません」

と、則子は、エリカたちの話を聞いて、少し照れくさそうに頭を下げた。

「でも、もう大丈夫なんです」

「というと――？」

「実は、私が家に帰って、少しすると母が帰ってきました。私、いざとなったら家出する決心で、母と話を始めたんです」

こっちは家出する気もないのに、追ん出されそうよ、とエリカは心の中で呟いた。

則子は続けて、

「そしたら、そこへお客が――。あ、あの方だったんです」

「『あの方《かた》』って？」

「教祖様です」

と、則子が言ったので、エリカとクロロックは顔を見合わせた。

「――則子さん、教祖って、あの〈蛇とカエルとタヌキ〉の――」

「〈蛇と火と光〉です」

「あ、そうか。で、その人が、どうしてあなたの所へ？」

「母が寄付したものを、返しにみえたんです。ごく普通の寄付と思って受け取ってから、後で中を見て、びっくりなさったんだそうで」

「へえ……」

「母は家の権利書から、土地の証書まで持っていっていたんです。教祖様は、『あなた方、現世に生きている人間には、お金や家は必要なものだ』とおっしゃって、ごくわずかのお金を除いて、全部、返してこられたんです。これまでに寄付した分も、全部！」

「そりゃあ……良かったわね」

と、エリカは言った。

こう言うしか、仕方がない。

「私、あの方を、すっかり誤解していましたわ。たぶんお金が目当てで、人をたぶらかしているんだと思ってました。でも、そうじゃない、とても高潔な、立派な方だってことがよく分かりました」

則子は、目を輝かせている。

「でも――あなたに乱暴した男も、その教祖の――」

「ええ。その点も、謝《あやま》っておられました。今は、ああいう布教活動にも、いろいろ脅迫《きょうはく》やいやがらせがあって、それを防ぐために、仕方ないことなんです。信者の人などに乱暴なことをしないように、よく言ってあるけれど、時にはこんなこともあるって。——あの男は即座にクビにしたそうですわ」

「そう……」

「後で考えて、エリカさんに、ずいぶんご心配をかけてるんじゃないかと思って、こうして——。本当に、私の考え違いで、ご迷惑をかけました」

「そんなことといいのよ。ともかく、良かったわね」

「ええ。教祖様も、いつでも聖堂へ気楽に遊びにおいで、とおっしゃっていました」

則子は、パッと立ち上がると、

「じゃ、私、これで。夜分、すみませんでした」

と、詫《わび》を言って、帰っていった……。

「——何じゃ」

と、クロロックは首を振って、

「結局、心配するだけ損だったか」

「そうらしいわね」

エリカは、しかし、何だか割り切れない気持ちだった。

もちろん、その『教祖』が、則子のところに、財産を返してきたのは結構なことだが……。エリカは忘れられなかったのである。あの教祖に会ったときに感じた『寒さ』を。

あれは錯覚だったのか？

「──良かったわね、エリカさんも出ていかずに済んで」

と、涼子もコロッと変わってニコニコ笑っている。

いい加減なんだから、まったく！　お父さんの性質がうつったのかしら？

──エリカは、涼子が虎ノ介を寝かしつけに行くと、クロロックに自分の気持ちを話してみた。

「うむ。おまえもそう思うか。私も、その教祖という奴、なかなか抜け目のない男だと思った」

「お父さんも？」

「今の娘が、あの私のボールでのびた用心棒のことを話したろう？　ああいうのがいるのも仕方のないことなんだ、とな。──教祖がそう言った、という話し方ではない。娘自身がこっちにそう説明している。あれは、すっかりその教祖にイカレてしまっておる」

「そうね」

エリカは肯いた。

「おそらく、あれだけの聖堂とやらを建てるくらいだ。あの教団が金に困っとらんのははっきりしている。少々の寄付を返しても、その代わりに、ああいう若い娘を信者に入れられれば……」

「則子さん、信者になったのかしら？」

「今、なっていなくても、遠からずなる。間違いあるまい」

エリカは、ため息をついた。

「でも――どうしたらいいの？」

クロロックは首を振った。

「今はどうにもならんな。――あの娘に忠告したところで、聞き入れるような心理状態ではない。逆に絶交されるのがオチだぞ。しばらくは、様子を見るほかあるまいな」

エリカも、クロロックの意見に賛成だった。

「――あなた」

と、涼子が顔を出して、

「虎ちゃんに、おやすみのキスは？」

「おお、そうだった！――愛《いと》しの虎ちゃん！」

と、クロロック、寝室へと飛び込んでいく。

エリカは、則子のことも、もちろん心配だったが、クロロック家の未来も、つい心配せずにはいられなかったのである……。

悲劇の始まり

「あ——」

と言ったのは、みどりであった。

「何よ、みどりの分、取ったんじゃないわよ。ちゃんと自分で持ってきたんだからね」

と、大月千代子《おおつきちよこ》が言い返す。

もちろん、話題は食べものに関して、であって、エリカ、みどり、千代子の三人は、休日の昼食に、安いバイキング料理を取っていたのである。

バイキング料理——つまりは食べ放題となれば、当然張り切るのはみどりで、朝食を抜いてくるという周到な準備のせいもあって、レストラン側が不安な表情すら見せる勢いで食べまくっていた。

「あ——あれ」

と、みどりは、外を指さしていた。

「どうしたの?」

三人は、広いガラスばりのすぐ近くに席を取っていた。料理の並んだテーブルまでは少し遠いのだが、

「できるだけ歩いたほうが、食欲が出る」

というみどりの主張に従ったのだった。

席からは、人で溢《あふ》れたにぎやかな通りが見下ろせた。ここは五階なので、通りはかなり下にある。

みどりの指さすほうへ、エリカはふと目をやって――息を呑《の》んだ。

通りを挟《はさ》んで反対側のビル――七階建ての、ファッションの店がいくつも入った、若者向けのビルだったが――その屋上に、ひとりの女の子が立っていた。

たぶん、年齢は十七か十八……。そして、今まさに、手すりを乗り越えているところだったのである。もちろん、乗り越えてしまえば、後は、ただ地上への空間しかない。

「あ――」

と、またみどりが言った。

「何よ、うるさいわね」

と、千代子はまるで気づいていないのだ。

エリカは立ち上がった。だが、いくらエリカに並の人間以上の能力があったとしても、今からこのビルの一階まで駆け下り、向かいのビルの七階まで上がって、あの女の子を

つかまえることはできない。

エリカが立ち上がって、三秒とたたないうちに、その娘は、飛び降りていた。

「ああ……」

と、みどりが言った。

「ああ……」

エリカも言った。千代子が不思議そうに、ふたりの顔を眺めている。

「行ってみる」

と、エリカは言って、急いでレストランを出た。

――現場は、もちろん休日でもあり、大変な人だかり。ただ、幸い、下を通っている人には、ぶつからずに済んだようだった。

「――何だよ」

「死んだのか？」

と、ワイワイやっている人垣の間を、エリカは押し分けて、

「失礼」

と、その輪の中へ入った。

娘はもう、こと切れている。もちろん、それはエリカも予期していたことだった。

近くで見ると、思っていた以上に若い。せいぜい十六歳だろう。

十六なんて！　私より若いじゃないの！

何があったのか、もちろん、エリカには知りようもなかったが……。

ふと、エリカは、その娘の右手が、何かを握りしめているのに気づいた。何か、金色の、メダルのようなものである。

死体に触れないように用心しながら、近寄ってみると、何か、浮き彫りのある丸い金色の板だ。

このマーク……。何だったろう？

娘の、つかんだ指に隠れて、はっきりとは見えないが、蛇《へび》と、それを何かが囲んでいるような図柄らしい。

蛇？——蛇って、何か聞いたことがある。

そう。——中宮則子《なかみやのりこ》が言っていた、〈蛇と火と光〉の教団。あのマークが、確か、これだったのじゃないかしら？

則子との、あの出来事から、三カ月近くがたっていた。あの後、一度だけ、エリカはあの聖堂の前を通ったことがあったが、そのときには、聖堂の正面の大きな扉に——そう、この図柄が、大きく彫られていたものだ。

すると、この娘も、もしかして——。

「どいて！　ちょっとどいて！」

人をかき分けて、誰かの通報を受けたのだろう、制服姿の警官が現れた。エリカが死体のわきにしゃがんでいるのを見ると、

「君！　何をしてるんだ！」

と怒鳴った。

「別に」

エリカは、立ち上がった。

「君の知り合いか？」

まだせいぜい二十歳ぐらいの若い警官。やる気満々なのはいいが、やたら威張《いば》っているのは困りものだ。

「いいえ、そうじゃありません」

「それなら、離れてろ！」

何よ、同じくらいの年齢《とし》のくせして！　エリカは少々頭にきた。

「何か盗《と》らなかったろうな？」

とまで言われて、エリカはムッとした。

「何よ！　証拠もないのに、人を泥棒扱いするの？」

「怪《あや》しい素振りを見せたからだ。反抗するのか？」

「いけません？」

「逮捕するぞ！」

「やれるもんなら、やってみなさいよ！」

見物人は、時ならぬケンカに興味津々《しんしん》である。そこへ、もっと年上の警官が駆けつけてきた。

「おい、角田《つのだ》、何をやってるんだ」

「あ、いえ――こいつが口答えするもんで、怪しいと思って」

「またか」

と、年上の警官は苦笑いして、

「いい加減にしろよ。この前、注意されたばっかりじゃないか」

「はあ」

角田と呼ばれた若い警官は、不服そうだったが、エリカのほうを向いて、

「よし、行っていいぞ」

と、顎《あご》をしゃくった。

「何よ――」

エリカとしては、もっと文句を言ってやりたかったのだが、ま、娘の死体の前でケンカというのも気が引けて、いったん、引きさがることにした。

「――どうしたんだ？」

「飛び降りだそうです。――自殺だと思います」

と、警官ふたりがしゃべっているのが、耳に入ってくる。

「身元の分かるものは？」

「まだ見てません」

「調べてみろ」

「はい」

エリカは、この娘の身元が分かったら、家族にでも、話を聞いてみよう、と思って、野次馬《やじうま》の中に入って、様子を見ていた。

あの角田という警官が、倒れている娘のほうへとかがみ込んだが……。

「ワッ！」

と、叫び声を上げたのは、その当の警官だった。

「久子《ひさこ》……久子ちゃん！　久子ちゃんだ！」

もうひとりの警官がびっくりして、

「おい、知ってる子か？」

「久子ちゃん……どうして……どうしてこんなことに……」

ペタン、と座り込んでしまった角田、大勢が見ている前で、突然ワーッと泣きだしてしまった。

エリカさえ唖然《あぜん》とするほどの、すごい声を上げて、泣きだしたのである。

「ねえ」

と、エリカが声をかけると、ジャンパーにジーパン姿のその若者は振り向いた。

「何だよ」

と、ぶっきらぼうに言った。

「――何だ、おまえ、このあいだの奴《やつ》か」

この若者、例の角田という警官なのである。

「憶《おぼ》えてた？」

エリカは、角田の前まで歩いていくと、

「ちょっと話があるの」

あまり人気《ひとけ》のない道だった。そろそろ黄昏《たそが》れてくる時刻。

ふたりは、もう子供の姿も見えなくなった公園の中に入った。

「いい気味だと思ってんだろう」

ベンチに座ると、角田は、ふてくされ気味に足を組んで言った。

「どうして？」

「しばらく謹慎《きんしん》だ。みっともなく、人前でワンワン泣いちまったからな」

「そうなの？　でも、私、あれで、あなたのこと、見直したのよ」

「見直したって？」

「そう。人間くさいところのある人なんだな、と思ったの。ただ冷たくて威張ってるなんて最低じゃない」

エリカの言葉に、角田は、ちょっと渋い顔をして、

「はっきりもの言う奴だな」

と言った。

「公僕《こうぼく》になったからには、常に市民のはっきりした批判を受ける覚悟が必要です」

と、エリカは言ってのけた。

「俺に説教しに来たのか？」

「逮捕する？」

「されたきゃ、してやってもいいぜ」

「じゃ私も——」

「どうする？」

「かみついて血を吸ってあげる。私、吸血鬼だから」

「ヤブ蚊《か》みたいな奴だな」

ポンポンとやり合って、かえって、気分が良くなったのかもしれない。

角田は、明るい表情になって、

「面白い奴だな、おまえ」

と言った。

「あの、飛び降りた子は、あなたの知ってた子なの？」

「うん。——小さいころからな」

「そう。まだ若かったんでしょ？」

「十七さ。——三池《みいけ》久子というんだ」

「新聞で見たわ。原因は書いてなかったけど……」

「分からねえよ、さっぱり」

と角田は首を振って、

「可愛《かわい》い子でさ……。いや、顔はどうってことなかった。でも、いくつになっても小さい子供みたいでな。十八になったら、俺の嫁さんになるんだ、と六つぐらいのころから言ってたよ」

「そう……」

「向こうはお袋さんとふたり暮らし、俺もひとりっ子で、たまたま、子供のころ、家が隣同士だったんだ。——よく泣く子だったから、俺がいつもかばってやった」

「ガキ大将だったんでしょ」

「まあな」

と、角田は照れくさそうに言った。

「だから——久子は、俺にとっちゃ、妹みたいだった。何でも話せる相手で……。それがもう……話したくても、話せねえようになっちまった」

角田の目から、ポロッと涙が溢《あふ》れて落ちていった。拭《ぬぐ》おうともしない。

「なぜ死んだのか、あなたは思い当たることないの？」

「うん……。俺が警官になって、忙しかったし、あいつのお袋さんが具合悪くなってな、この三カ月ぐらい、ぜんぜん会っていなかったんだ」

「じゃ、その間に、何かあったんじゃないの？」

「たぶん、な。あいつ、お袋さんを残して死んじまうような奴じゃないぜ、絶対に」

「よっぽどのことが——」

「そうだと思うよ。もし、誰かがあいつを騙《だま》して、捨てたりしたんだったら、許さねえぞ！　ぶっ殺してやる！」

角田は顔を真っ赤にして、拳《こぶし》をギュッと握りしめた。

「そんなことを久子さんから聞いてたの？　誰か恋人ができたとか——」

「よくは分からねえんだけど……。電話したことがあるんだ。一カ月くらい前だったかな。そしたら、久子の奴、いやに楽しそうな声出して、『すばらしい人に会ったの！』

って言ってた。——こっちは勤務中だったから、それ以上、訊《き》かなかったんだけど」

「すばらしい人、ね」

エリカは肯《うなず》いた。

もちろん、それは『恋人』という意味にも取れるが、たとえば、あの『教祖』のことだとしてもおかしくない。

「ねえ、角田さん。彼女、飛び降りたとき、手に何か握ってたでしょう」

「手に？」

角田が、いぶかしげな顔になって、

「気がつかなかったぜ」

「そう。私、見たの。金属のメダルで、蛇の柄《がら》の浮き彫りがしてある」

「蛇の柄？」

「そう。見たことない？」

「うん。——あのときは、俺、気が転倒してたからな。小野《おの》さんが知ってるかもしれない」

「あの、もうひとりいた、中年のお巡りさんのこと？」

「うん。小野さんっていって、すごくいい人なんだ。今度も気をつかってくれたよ」

「そう。一度会って、メダルのこと、訊きたいわ」

角田は、不思議そうにエリカを見て、

「おまえ、どうしてそんなに興味があるんだ?」

と訊いた。

「うん。ちょっとね」

「隠すのか?」

「逮捕する?」

角田は、ちょっと笑って、

「いや、しないよ。だけど――変な奴だな、おまえ」

「そりゃそうよ。さっき言った通り、吸血鬼なんだから」

本当のことを言っても、誰も信じちゃくれないのである。

エリカは、ふと緊張した表情になった。

「だけど、久子はもう――」

「しっ!」

「え?」

「静かに」

エリカは、鋭い聴覚で、足音を聞き取っていた。――ふたりだ。

そして、忍び足で、この公園へと近づいてくる。

「隠れて」

「何だ？」

「いいから」

エリカは、角田を引っ張って立たせると、

「あの木の向こうに隠れて」

「おまえは？」

「いいから。出てこないでよ」

エリカは、角田を押しやった。

——ふたりの男が公園に入ってきたのは、ほんの数秒後だった。

「どこにいるんだ？」

と、ひとりが言った。

「いねえはずはねえ。——どこかにいるはずだ。ここへ入るのを確かに見たんだからな」

と、キョロキョロ見回しているのは——あの、エリカにやられた『用心棒』である。

もうひとりのほうも、劣《おと》らず体の大きな、見るからに強そうな男だった。

「たかが娘ひとりに……」

「馬鹿！　なめてかかると、ひどい目にあうぜ」

よほどこりているらしい。

「分かってるじゃないの」

と、声が頭の上から降ってきて、ふたりはギョッと立ちすくんだ。

「ここよ、おじさん」

エリカが、木の枝に腰をかけて足をぶらつかせている。

「てめえ！　下りてこい！」

と、この前の男が顔を真っ赤にして怒鳴る。

「今日は、粉々にしてやる！」

「そう？　じゃ、ここまで上がってきたら？」

と、エリカは言った。

「待ってろ！」

と言うなり、突進してきた男、木にドシンと体当たりをくらわす。

が、その直前、エリカの体はフワリと宙へ飛んで、地面に下り立っていた。

「木をいじめるのはよしましょう」

「おい！　やっつけろ！」

ナイフがヒュッと音をたてて飛んだ。エリカは、後方に一回転してよけると、

「ぶっそうね！」

とにらんだ。

「けがしたらどうするのよ」

「口のへらねえ小娘だ」

と、男は笑って、

「こいつは、さけられねえぜ」

取り出したのは、黒光りする拳銃《けんじゅう》だった。

「そんなものまで持ってるの!?」

「今さらあわてても遅いぞ」

パシッともうひとりのナイフが音をたてて光る。――ナイフと拳銃で、ジリジリとエリカのほうへ迫ってくる。

「そんな熱いナイフを持ってて、やけどしない？」

と、エリカが、ナイフの男のほうへと訊いた。

「何だと？」

エリカのエネルギーが、男の手にしたナイフへ集中すると、

「ワッ！　アチッ！」

と、男がナイフを放り出した。

「ほらね。――でも拳銃のほうはもっと危ないと思うけど。弾丸が暴発《ぼうはつ》するかもよ」

「その前にきさまの胸板をブチ抜いてら！」

男が引き金を引こうとしたとき、ヒュッと音をたてて、レンガが飛んできて、男の頭をガン、と直撃した。

相当に痛かったろう。レンガがふたつに割れて落ちたのだから。

「いて……いてて……」

男がフラフラとよろける。

エリカは、

「失礼」

と、手を出して、拳銃をもぎ取ると、ポンと空中へ放り投げた。

バン！　と音がして、弾丸が飛び出し、もうひとりの男の足もとに土煙を上げた。

「ワッ！」

たまらず逃げだしてしまう。

「おい！　待て！　——おい！」

頭をかかえながら、フラフラと追いかけていく男の後ろ姿を見送って、エリカは、ホッと息をついた。

「——助かったわ。サンキュー」

と、声をかけると、角田がポカンとした顔で出てくる。

「おまえ、何なんだ、いったい？」

「そんなことより——」

と、エリカは真顔になって言った。

「久子さんを死に追い込んだのが誰なのか、探ってみない？」

角田は、じっとエリカを見つめて、

「もちろん、やるよ」

と肯いた。

消えたメダル

「メダルだって？」

と、小野《おの》巡査が訊《き》き返した。

「そうです。その女の子が、手の中に握ってたんです」

と、エリカが言った。

「メダル、ねえ……」

小野は、首をかしげた。

「気がつかなかったよ」

「そうですか」

エリカは、ちょっとがっかりした。

「おい、角田《つのだ》」

と、小野が、ジャンパー姿の角田のほうを向いて言った。

ここは、いつも角田が勤務している交番である。当然、三池久子《みいけひさこ》が自殺した所からも近い。

「はい」

「おまえは謹慎中だ。妙なことやるなよ。クビになるかもしれんぞ」

「分かってます。だけど──あの子がどうして死んだのか、知りたくて」

「気持ちは分かる」

と、小野が肯《うなず》いて、

「しかしな、あの年ごろの子は、よく、わけも分からずに死ぬものなんだ。おまえは若いから分からんだろうが」

「ええ……」

「それに、おまえはあの子を個人的に知っていた。そういう場合は、わざと捜査から外《はず》すんだ。分かってるだろう」

「ええ」

「それが公平な捜査のためには必要なんだ。──まあ、可哀《かわい》そうだとは思うが、諦《あきら》めろよ。なあ」

小野が、ポンと角田の肩を叩《たた》いた。

──エリカと角田は、ゆっくりと通りを歩いて、やがて、あの現場へとやってきた。

「──小野さんの言う通りだとは思うけどな……」

と、角田は足を止めた。

「でも、あいつがここで、もう身動きもしなくなっているのを見たときは……」

「そうよ。――当然だわ」

エリカは、角田の腕を取った。

今日は、休日でもなく、時間も、もう遅かった。やがて、夜十時になる。

人通りは、ほとんどない。

あの、休日の人出が、信じられないような光景だった。

「それにね――」

と、エリカは言った。

「警察は、久子さんの死を、ただの自殺と思ってるわけでしょ。私は、そうじゃないと思う。言わば、直接手を下さない殺人だと思う。――だから、どうしても調べる必要があるのよ」

角田はエリカを見て、

「うん。――そうだ」

と、力強く肯いた。

「さ、それじゃこのへんの、道の隅っこや排水溝を捜すのよ」

「捜す？」

「メダルよ。死体を運んでいくときに、落ちたのかもしれないわ」

「そうか！　よし！」

ふたりは、手分けして、そのへんの道端をずっと捜して回った。

「——見つからないな」

と、角田が、起き上がって、息をついた。

「そうね……。そこの植え込みの中は？」

と、エリカが、ビルの出入り口の両わきに申し訳程度に造られている植え込みを指さした。

「こんな所まで落ちるかい？」

「分からないわよ」

エリカが、歩いていって、植え込みの中へ踏み込むと——。

「ワッ！」

「キャッ！」

エリカが、びっくりして飛び上がった。

誰かを踏んづけてしまったのである。

「——びっくりした！」

起き上がったのは、ヒゲがのび放題で、ボロボロの服を着た——要するに浮浪者だった。

「ごめんなさい！　気がつかなかったのよ」

と、エリカは謝って、

「大丈夫だった？」

「ああ、けとばされたり、踏まれたりするのは、慣れてるよ」

その浮浪者は、のんびりと答えた。

見かけだけでは年齢の見当がつかないが、声の感じは、意外に若い。

「でも、けがしてない？」

「大丈夫。——あんたは変わっとるね」

と、浮浪者が愉快《ゆかい》そうに言った。

「私？　どうして？」

「俺のことなんか、普通は誰も心配せんからさ。わざわざけっとばしていく若い奴《やつ》もいる」

「ひどいわね」

「ま、可哀そうな連中さ」

「どうして？」

「きっと、そいつらも、他の連中から、いためつけられているんだよ。精神的にね」

「理解あるのね」

「恨《うら》んだって、仕方ないからね」

と、浮浪者は笑って、

「あんた、何か捜しものかい？」

「そう。——見かけなかった？　こんな大きさのメダルなの」

「メダル……」

「そう、この間、ここで飛び降り自殺があってね——」

「ああ、憶《おぼ》えとるよ。あの女の子は優しかった」

と、浮浪者が肯いた。

「知ってるの？」

「ここへ入るとき、俺に気づいていてね、『何か食べて』と言って、千円札をくれた。——『私はいらないから』と言ってね。死ぬと分かってりゃ、止めてやったんだが……」

聞いていた角田が、

「久子らしいや……」

と、呟《つぶや》くように言った。

「メダルを見なかった、そのときに？」

「待ってくれよ……」

と、浮浪者は、ちょっと目を閉じて、考え込んでいた。

と――パチッと目を開けて、

「うむ！　思い出した」

「見たの？」

「そのへんに落ちていたよ。蛇《へび》の絵のついた――」

「そう！　それよ！」

エリカは、思わず身を乗り出した。

「誰かが拾っていったよ」

「そう。――じゃ、捜してもむだだ」

エリカは、少々がっくりきた。

あの、〈蛇と火と光〉に、かかわりがあるという証拠にもなるのに。

「――じゃ、行こうか」

と、角田が言った。

「そうね。――おじさん、ありがとう」

エリカは、その浮浪者に、乏《とぼ》しい小づかい（？）から、いくらかの小銭を渡した。

「いや、こりゃすまんね」

「さっき、知らずに踏んじゃったし、話も聞かせてくれたしね」

「そうか。じゃ、いただいとくよ」

「じゃ、元気でね」

「うん、――そいつも、だいぶ捜しとったよ」

エリカは、歩きかけ、振り向いて、

「そいつ？」

「メダルを拾っていった奴さ。その晩にここへ来て、ずいぶん捜し回ってた。見つけて、ホッとした様子だったぞ」

エリカは、角田と顔を見合わせた。

「――おじさん、どんな男だったか、憶えてる？」

「うーん。そうだな。何となく、見たような顔だったが……よくは分からん」

と、首を振る。

「そう。――また聞きに来るわ。もし思い出したら、教えてね」

「いいとも」

浮浪者は、ちょっと手を上げてみせ、また元の通りに横になった。

「――メダルがあったこと、それと、見つかっちゃ困る、と思った人間がいたことは分かったわね」

と、歩きだして、エリカが言った。

「うん。──その教団ってのと関係あるのかな」

「何かあったのよ。でなきゃ、そのメダルを握りしめて死ぬことないわ」

エリカは、ふと思いついて、

「ねえ、久子さんのお母さんは、具合悪いってことだったけど、今はどこにいるの？」

「病院にいたよ、俺の知ってる限りでは」

「場所、分かる？」

「もちろん。これでも警官だぜ」

「そうか。じゃ、行ってみましょう。お母さんから、話を聞いてみたいの」

「よし、──じゃ、急ごう。遅くなると、病院に入れなくなる」

ふたりは、足を速めた。


「何だか、様子が変ね」

と、エリカが言った。

「うん。──どうしたのかな」

もちろん、大きな総合病院では、救急患者がかつぎ込まれて、大騒ぎになることは珍しくあるまい。

しかし、その病院の救急用出入り口には、別に救急車は停《と》まっていなかった。

それなのに、いやにあわただしく、人が出入りしている。しかも、その中には、医者だけではなく、警官の姿も見える。

「——何かあったな」

と、角田が言った。

エリカとふたりで、様子を見ていると、

「おい！」

と、いきなり怒鳴られた。

振り向くと、制服の警官がやってくるところだ。

「何かあったんですか？」

と、角田が訊くと、

「おまえたち、こんな所で何してる？」

ジロッといやな目つきでふたりをにらむ。

「どうしたんです？　何か事件でも——」

「どうも変だな、おまえら。よし、一緒に来い！」

と、角田の腕をつかんで引っ張っていこうとする。

「ちょっと——何するんだ！　こっちの質問に答えもしないで！」

「うるさい！　話は署で聞く！」

「人のことを頭から疑ってかかるのか！」

と、角田が怒って食ってかかる。

「反抗するのか！　何か身に覚えがあるんだな？」

「何だと？　それでも警官か！」

ふたりでやり合うのを、エリカは眺めていたが、そこへ、

「どうしました？」

と、白衣を着た初老の男が病院のほうから歩いてきた。

「やあ、先生。いや、この若造、どうも怪《あや》しいんで、引っ張っていって、少しおとなしくさせてやろうかと――」

「何だ、君は角田君じゃないか」

と、その医師が言ったので、警官のほうは面食らって、

「ご存知ですか？」

「ええ、よく知ってます。この子は大丈夫ですよ。それに――」

と、医師は、ちょっと呆《あき》れ顔で角田を見ると、

「どうして言わなかったんだね、君も警官だってことを」

「いえ……。こいつが問答無用って調子なんで、つい……」

「警官？　何だ、それならそう言ってくれよ。――いや、失礼しました、先生」

「どうもご苦労様でした」

「後でまた、人をよこしますから……」

と言いながら、その警官は歩いていってしまった。

エリカは、角田をちょっとつついて、

「どう？　分かった？　頭ごなしにやられるとどんなに頭にくるもんか」

「よく分かったよ」

と、角田は渋い顔で肯いてから、

「先生。——三池久子のこと、ご存知ですか」

と言った。

「うん。もちろんだ。可哀そうなことをしたな」

と、医師が肯く。

「実は、久子さんのことで、お母さんにうかがいたいことがあるんです」

と、エリカが言うと、医師は、なぜか暗い表情になって、

「来たまえ」

と、ふたりを促して、歩きだした。

角田と、エリカは顔を見合わせ、それから、医師の後についていった……。

「――じゃ、そのお母さんは殺されたの？」

話を聞いて、涼子《りようこ》が目を見開いて、言った。

「そう。――ひどいじゃない、こんなことって！」

エリカは、いつになく機嫌《きげん》が悪かった。

「妙な話だな」

と、クロロックが、やっと虎《とら》ノ介《すけ》を寝かしつけて、一息つきながら言った。

「久子さんが自殺したことは、お医者さんも伏せていたんですって。やっぱりショックでしょ」

「それは当然です」

「ところが、誰かが母親の病室へ忍び込んで、のみ薬の中に毒を入れたのよ。ひどいわ、本当に！」

エリカもカッカしていた。角田ではないが、犯人が見つかったら、ひねり殺してやりたい気分だ。

「で、犯人の手がかりは？」

と、涼子が訊く。

「何も。――ともかく気がついたのが、かなり遅かったのよ。きっと犯人は悠々《ゆうゆう》と逃げたんだわ」

「じゃ、その犯人も、もしかしたら——」

「怪しいと思うわ。あの教団がね」

エリカは肯いて、

「同室の患者さんに話を聞いたの。そしたら久子さんが、お母さんの病気を治すため、と言って、何か宗教に入ったらしい、って」

「なるほど」

と、クロロックが言った。

「しかし、それだけでは証拠にならんぞ」

「分かってるわ。だから悔しいのよ」

「私が、妙だ、と言ったのは、別の意味だ」

「どういうこと？」

「なぜ、その母親を殺す必要があったのか、ということさ。娘のほうは、自殺だ。母親を殺したりすれば、かえって疑いを深めるだけじゃないか」

「でも……殺されたのよ！」

「分かっとる。その理由はたぶん、おまえと、その角田ってのが、娘の死の原因を探り始めたと知ったからだ」

エリカには、ちょっと、ショックだった。

つまり、自分が好奇心を発揮しなければ、少なくとも母親のほうは生きていたかもしれないのだ……。

「問題は、なぜ、犯人がそれを知ったのか、だ」

と、クロロックは言った。

エリカは、考え込んで、

「そうね。——私は角田君と話して、一緒に調べようと言って、すぐにメダルを捜しに行ったのよ。向こうが、それを知って、母親の所にも私が行くだろうと予想して——」

「そうだろうな」

「じゃ——私たちのこと、見張ってたのかしら？」

「母親が殺されたのは、おまえたちが着くよりもだいぶ前なんだろう？」

「そうね。でも、向こうもずいぶん手回しのいい——」

感心している場合ではない。

そのとき、電話が鳴って、涼子が出た。

「はい。——エリカですか？　はい。ちょっとお待ちください」

「私に？」

「あの子よ。中宮《なかみや》さん」

「則子《のりこ》さんから？」

ちょっと、いやな予感がした。今日のあの事件の直後である。

「もしもし。——あ、則子さん。どう、このところ？——え？」

エリカは思わず訊き返した。

「長い間、どうもありがとう」

則子の声は、どこか遠くから聞こえてくるようだった。

「則子さん——」

「私、母とふたりで死ぬの」

「何ですって？ ちょっと、則子さん——」

「来世《らいせ》の幸福が待ってるのよ。とっても幸せに死んでいける……」

「則子さん！ しっかりして！」

と、エリカは大声で言った。

「あなたにだけはお礼を言っておきたくて、エリカ……」

「待って！ 則子さん、ね、一度だけ会ってからにしよう。ね？」

「急ぐの」

と、則子は言った。

「でも——そんなに急がなくても——則子さん！ だめよ！」

「私たち、死んでお役に立つのよ。だから、少しも怖くない……」

「とっても怖いわよ！」

「エリカ……。じゃ、さようなら……」

則子は電話を切ってしまった。クロロックは、既《すで》に察していたらしい。

「すぐに駆けつけるんだ！」

と、玄関のほうへと飛び出していく。

「そうだわ！　お父さん、急いで」

エリカのほうが後なのに、焦《あせ》っているのである。

ふたりは、マンションを飛び出し、中宮則子の家に向かって、突っ走った。

そして――帰国した中宮と、バッタリ出会った、というわけである。

光る眼

「——よく分かりました」

話を聞いて、中宮《なかみや》は、何度も肯《うなず》いた。

いきさつを、エリカが話し終わるまでに、さすがにふたりの『長時間夕食』も、終わっていた。

「まったく——我《われ》ながらいやになりますよ」

と、中宮はため息をついた。

「いかに仕事のためとはいえ、妻や娘がそこまで追いつめられていたのに、まったく気づかなかったなんてね」

「もう済んでしまったことは仕方ない」

と、クロロックが言った。

「これから、それを取り戻すことだ。幸い、ふたりとも、命は取り止めたのだからな」

「そうします」

と、中宮は肯いて、

「会社をクビになってもいい、ずっとふたりについていてやります」

「ただ、こうなると、心配なことがひとつある」

「何でしょう？」

「三池久子《みいけひさこ》の母親が殺されたことを忘れてはいかん。向こうは、あんたの奥さんと娘が命を取り止めたのを知って、同じように命を狙《ねら》ってくるかもしれん」

「そうだわ！」

エリカが、ピョンと飛び上がる。そして、猛然とレストランから飛び出していった。

「私も——ちょっと心配になりました」

と、中宮が青ざめて、エリカの後を追っていく。

クロロックは呆《あき》れたようにそれを見送って、

「まったく、落ちつかん奴《やつ》らだ」

と呟《つぶや》いた。

それから、クロロックも心配になった。

「——おいっ、ここの支払いはしてくれたんだろうな」

幸い、中宮秋子《あきこ》と則子《のりこ》は、無事だった。

しかし、そう安心しているわけにもいかない。エリカは、角田《つのだ》に連絡して、中宮秋子と則子を、護衛してもらうことにした。

もちろん、中宮自身もそばについている。

エリカが病院を出ると、ちょうどクロロックがやってきた。

「——大丈夫だったわ、ふたりとも」

「そうか。——体力も回復したし、行ってみるか」

と、クロロックが伸びをした。

もちろん、今は人間並みの時間で生活しているが、やはり本来は夜のほうが元気な性格である。

これぐらいの時間になると、やる気が出てくるのだった。

「どこへ行くの？」

「もちろん、あの中宮の家さ」

「あ、そうか。——二階の、あの妙な部屋をゆっくり覗《のぞ》いてみたほうが良さそうね」

エリカとクロロックは、夜の道を歩きだした。

「だけど、お父さん、今度の場合も、則子さんたちは、自分で死のうとしたでしょ？　もし、それが、例の教祖のためだとしても、罪に問えるかしら？」

「そいつはむずかしいところだな」

と、クロロックは首を振って、

「たとえ、あのふたりが、教祖に言われて死のうとしたとしても、教祖が、それを否定したり、そういう意味で言ったのではない、と主張すれば、違うと言うのはむずかしい」

「そうか……」

エリカは、むずかしい顔で、

「でも、何とかしないと……。また、誰かが久子さんや則子さんの真似《まね》をするかもしれないわ」

「ひとつ、奇妙なものがあったろう」

「え？」

「ふたりが倒れていた部屋だ。――あの凄《すご》い煙の中で、何かが赤く光っていた」

「そう！　私も憶《おぼ》えてるわ。あれ、何だったのかしら？」

「分からん。あのときには、それを確かめる余裕はなかったしな」

「じゃ、調べてみましょ」

――ふたりが、中宮家に着くと、道にぶらついていた警官が、振り向いた。

「やあ」

「まあ、角田君！　――もう、制服なの？」

「謹慎を解《と》いてもらったんだ」

と、角田は、ちょっと肩を揺すって、

「やっぱり、この格好のほうが、気持ちが引き締まるよ」

「病院のほうは大丈夫？」

「あの親子のことは心配いらないよ。充分に言ってある」

「――この中を見たいの。入ってもいい？」

「うん、君たちなら、もちろんさ」

と、角田は肯いて、

「僕も今来たところだ。中を見ようと思ってね。殺人じゃないから、かえって、現場を保存しないだろ」

「そうね。――でも、これはやっぱり『殺人』よ」

「俺もそう思う」

三人が家の中へ入ろうとしていると、

「おい、角田！」

と、聞いたことのある声がした。

「あ、小野《おの》さん」

あの小野巡査が、急ぎ足でやってきたのだ。

「謹慎を解かれたって聞いてな。——話は聞いたよ。また自殺未遂《みすい》だって？」

「そうなんです。——中を調べようと思ってるんですが」

「中を？　しかし、勝手に入るのは……」

と、小野は渋ったが、やがてニヤッとして、

「ま、分からなきゃいいか。——よし、俺がここに立っていてやる。調べてこい」

「すみません！　さ、行こうよ」

角田が、先に立って中宮家の中へ入っていく。

中は、あの香《こう》の匂《にお》いが相変わらず漂っているが、そうひどくはなかった。

「二階よ」

エリカが先に階段を上がっていく。

——中宮秋子と則子が刺し違えて倒れていた部屋も、もうほとんど煙はなく、ただ、うんざりするような匂いだけが残っている。

「——もちろん、警察も調べてるんでしょ？」

「そりゃ、一応ね。でも殺人じゃないとはっきりしてるから……。ここは部屋じゃなかったんだね、元は」

「廊下《ろうか》を仕切って、部屋を作ったのよ」

そこは、〈ミニ聖堂〉とでもいう雰囲気《ふんいき》の部屋だった。正面には、祭壇風《さいだんふう》の大きな棚《たな》

がしつらえてあり、あのメダルにもあった、蛇《へび》の浮き彫りを施《ほどこ》した青銅の板が飾られている。

「たしか、このへんで光ったと思ったがな」

と、クロロックがその祭壇のほうへ歩いていく。

「何か光りそうなもの、ある？」

「いや……。特に見当たらんな。——警察は何も持ち出していないのか？」

「そのはずですよ」

と、角田が言った。

「ふむ……」

クロロックは、考え込んで、その祭壇を眺めていたが、やがて、両手の指をポキポキと鳴らすと、

「ちょいと失礼」

と、祭壇に手をかけた。

バリバリ、と音がして、たちまち、木の祭壇が壊れる。クロロックはその裏側を詳しく見たが、

「やっぱり、光るようなものはないな」

と、首を振った。

「変ね。じゃ、あれは何だったのかしら？」

「よく分からんな」

と、クロロックは肩をすくめた。

「訊《き》いてみるしか、あるまい」

「訊くって、誰に？」

「もちろん、その教祖にだ」

と、クロロックは言った。


「お待たせしました」

教祖が部屋へ入ってきた。

エリカは、一瞬戸惑った。――それは確かに、この前、この聖堂の前で会ったのと同じ人間に思えたが、あのときに感じたような、ゾッとするほどの冷ややかさを、今度は感じなかったからである。

それに、だいたい、聖堂へ入るのも別にむずかしくも何ともなく、入り口に立っているのは、信者らしいおばさんひとり。ニコニコと愛想《あいそ》がよくて、かえって気味が悪いくらいだったのだ。

教祖に会いたいとクロロックが言うと、この小さな応接間へ通された。待つこと十分。

「ご用件は?」

と、教祖はソファに腰を下ろして言った。

「中宮さんをご存知ですね」

と、エリカは言った。

「中宮……。ええ、もちろんです。最初のころからの、熱心な信者ですよ。お母様と娘さん、どちらもとても良く尽くしてくださっています」

「ゆうべ、自殺を図りましたよ」

エリカの言葉に、教祖は、サッと青ざめた。

「——自殺! あの方たちが?」

こりゃ、たいした役者だ、とエリカは思った。

「命は取り止めましたけど——」

「そうですか……。それは良かった」

教祖は、眉《まゆ》を寄せて、

「しかし……どうしてまた……。悩みごとがあるのなら、一言相談してくれれば良かったのに」

と、首を振った。

「あまり、信仰も役に立たなかったようですな」

と、クロロックが言った。

「いや――まったく、お恥ずかしい。私の力が至らなかったのです」

「でも、ふたりは死ぬことであなたの役に立つのだと言ってたんですよ」

エリカの言葉に、教祖は悲しげに、

「困ったことだ。――私の宗教は、この世に救いを求めないのです。それを逆に、早くこの世から出ていくことが信仰にかなう、というふうに取られてしまう……」

「すると、そんなふうに、自殺をすすめたりしたことはないのですね？」

「当然です！」

と、教祖は力強く言った。

「生きることこそ大切なのです。それが当たり前ではありませんか」

すると、ドアが開いて、

「教祖様、失礼します」

と、入り口にいたおばさんが顔を出し、

「女の子がふたり、この間、遊びに来いと言われたと言って、みえていますが」

「そうですか。すぐに行きますから」

クロロックは咳払《せきばら》いをして、

「しかし、まあ、あんたのところの信者があまり死ぬようだと、少々困ったことになるんじゃないかな」

「その通りです。改めて、私からも話をしましょう」

「もうひとつ、訊いていいですか」

「何でしょう?」

「そちらの祭壇に、何かこう――赤く光るものはありますか」

「赤く光る? ――交番じゃありませんからね。光るものなんかありませんよ」

――これでは、エリカもそれ以上言いようがない。

仕方なく、クロロックとふたり、部屋を出た。

「――ちょっと聖堂の中を拝見しよう」

と、クロロックが言った。

「そうね」

――広い空間に、ゆるやかに光が差し込んで、キリスト教の教会とよく似た作りである。

正面に、あの蛇の印が、場所が広いから、そう感じないが、かなりの大きさに浮き彫りにされている。

その前の説教壇らしきもの。――あそこに立って、教祖が話をするのだろう。

今も、百人を下らない人たちが、祈ったり、ただ長椅子に座って目を閉じていたりしている。

「――危険なものを感じる？」

と、エリカは訊いた。

「いや」

「私も。――どういうことかしら？　あの教祖も、別人みたいだった」

「それが妙だな。しかし――」

「なあに？」

「教祖なら、もう少し霊感めいたものがあってもいい。あれはまるで凡人だ」

「それもそうね」

と、エリカが肯いていると、

「あら、エリカ、来てたの？」

振り向いて、エリカは目を丸くした。

「みどり！」

みどりが、そこに――いや、千代子《ちよこ》も一緒にいる！

「何してんの、ふたりとも！」

「うん。ここ、案内してくれるって、言われてきてみたの」

と、みどりが言った。

じゃ、「女の子がふたり」って言っていたのは、みどりたちのことか！

「でも――どうして――」

「あら、何となくよ。この前、ここ通りかかったら、教祖さんって人がいて……」

「そうなの」

と、千代子も肯いた。

「結構話の分かるおじさんでね」

「ねえ？――それに、おいしいお菓子が出るんだって、ここに来ると」

みどりは、ニコニコしている。

これじゃ、どこの信者にでも、なっちまいそうだ。

「あ、来た！　おじさん、こんにちは！」

と、みどりが手を振る。

教祖がニコニコしながら、

「やあ、君たち、よく来たね」

と、やってきた。

エリカとクロロックは、顔を見合わせて、ため息をついた。

――聖堂から外へ出て、エリカは、

「まいったなあ」

と、思わず言った。

「みどりたちまで――」

「いや、心配することはあるまい。もっとうまい菓子を見つけてくればいいのだ」

「あ、そうか」

エリカは、笑って、

「でも、どういうことなのかしら？　うまく丸め込まれちゃったのかなあ」

「さて、それはどうかな――」

ふたりが歩いていくと、

「ちょっと、すみません」

と、声をかけてきたのは、五十がらみの――いや、もっと年齢がいっているかもしれないが、いたって血色のいいおばさんだった。

体つきもがっしりして、いかにも土を相手に働いている、という感じ。

「はい、何か？」

「あんた方、今、ここから出てきたんだね」

と、そのおばさん、聖堂のほうを指さした。

「ええ、そうですけど」

「うちの息子たちがいなかったかね？」

「何だか、ここにいるって人づてに聞いたものでね」

「おたくの？」

「さあ……。よく分からないけど」

「まったく、親不孝者が！　仕事が辛《つら》いからってふたりして逃げ出しちまって！　情けねえったら、ありゃしねえ」

と、腹を立てている。

「ふたり？」

「兄弟だよ。父親が死んじまって、私ひとりで頑張って育ててきたのに！　その恩も忘れて！」

「それは気の毒ね」

「このふたりなんだけどね」

と、そのおばさんが写真を取り出した。

「でもねえ、私たち、別にここの信者ってわけじゃないから……」

エリカは、仕方なく、クロロックとふたりでその写真を覗《のぞ》き込んだが……。

走る影

「──やあ」

エリカの顔を見ると、角田《つのだ》が手を上げた。

「どう？」

「うん。今のところ、順調みたいだ」

と、角田は言った。

──ここは、中宮秋子《なかみやあきこ》と則子《のりこ》が入院した病院。

角田が、廊下《ろうか》で警備に当たっていると聞いて、エリカはやってきたのだが──。

「制服じゃないの？」

と、ジーパン姿の角田を見て、エリカが意外そうに言った。

「うん。制服で立ってると、他の患者に悪いだろ。だから、私服にしろって」

「そうか」

と、エリカは肯《うなず》いた。

「中に入ってもいい？」

「かまわないだろ」

そっとドアをノックすると、すぐに中から開いて、

「やあ、こりゃどうも！」

その中宮の顔を見て、エリカは少しホッとした。

見違えるように明るくなっていたからだ。

「――いかがですか、様子？」

「入ってください。ふたりとも、だいぶ元気が出たようで」

エリカが入っていくと、母親のほうは、眠っている様子だったが、則子はすぐに気がついて、

「エリカさん……」

と、低いが、しっかりした声で言った。

「まあ、元気そうね」

と、エリカは笑いかけた。

「ご心配かけて……」

「いいのよ。元気になってくれりゃ」

「本当に――悪い夢からさめたみたい」

と、則子は言った。

このぶんなら大丈夫、とエリカは肯いた。目にも、かつての輝きが戻っている。

「――ねえ、則子さん」

と、エリカは、椅子にかけて、

「あのときのこと、憶《おぼ》えてる？」

「それが……」

則子は、ちょっと父親のほうに目をやってから、

「父にも訊《き》かれたんですけど、何も憶えていないんです」

「何も？　――ぜんぜん？」

「ええ」

則子は、少し頭を動かして、肯いてみせた。

「あのころのこと、何もかも、スッポリと空白になっていて。――母も同じようなんですよね」

つまり、やはりふたりとも一種の催眠状態だったのではないか、とエリカは思った。

互いに刺し違えて、大けがをしたことで、それからさめた。しかし、その瞬間に、何もかも忘れてしまったのだ。

「――ただ、ひとつだけ……」

と、則子が言った。

「ひとつだけ？」

「ええ。――何のことかよく分からないんですけど、赤く光るものが……」

エリカはハッとして、

「赤く光るもの？　それは何のこと？」

「分かりません。ただ、光るものがあった、ということだけ、憶えているんです」

と、則子は言った。

「どういうことなんでしょうね」

と、中宮が、そばで言った。

「そうですね」

エリカには、何となく分かるような気がしたが……。今、ここでその話をしても仕方あるまい。

「――じゃ、また来るから」

と、エリカは立ち上がって、

「ゆっくり休んでよ」

「すみません。――お父さんにもよろしく」

「父？　ああ、あの人はいいの。こういうことが趣味だから」

と、エリカは言った。

「私も、これからは妻と子を大事にします」

と、中宮が言った。

「そうしてください。——じゃ、また」

エリカは、廊下へ出た。

「何か分かったかい？」

と、角田が言った。

「うん……。見当はついてるの」

「へえ。教えてくれよ」

「だめ。名探偵は最後まで何も言わないことになってるでしょ」

「ケチ」

と角田は顔をしかめた。

——夜になった。

角田は欠伸《あくび》をした。ただ廊下の椅子に座ってるってのも、退屈なものである。

十二時になると、交替が来ることになっていたが。

あと一時間ある。

角田は、顔を洗いに洗面所へ立った。

「――救急車か」

窓のほうに赤い光が反射していた。下を覗《のぞ》くと、救急車が着いて、誰かが運び込まれるのが見えた。

こういう所にいると、人間っていうのは、いつどんな病気で倒れるか分からない、という気持ちになる。

「あんまり無茶しちゃいけねえんだ」

と、角田は殊勝《しゅしょう》なことを考えたりした……。

顔を洗って目をさまし、角田は病室のほうへ戻っていったが――。

「あれ、どうしたんです？」

と、角田は、中宮があわてた様子で病室から出てきたのを見て、言った。

「則子が――」

「え？」

「姿が見えないんです！　ちょっとウトウトしているうちに――」

「ちくしょう！」

角田は思わずそう呟《つぶや》いた。よりによって、ほんの一、二分、いなくなった間に。

「すぐ、手配します。遠くには行ってないはずだ」

角田は、当直の医師の所へ走っていった。

すぐに出入り口にも人が出て、見張ってくれることになった。

「――しかし、変だな」

角田は首をかしげた。――どこへ行ったんだろう？

あの傷じゃ、そう動けないはずだが。

しかも、今のところ、出ていった様子はないし……。

待てよ。――角田は、ふと思いつくと、階段を駆け上がっていった。

屋上に出るドアを開ける。――入院患者のシーツなどが、いっぱいに干してあり、風に揺れていた。

まさか、こんな所に……。

と――白い姿が、スッと、その間から動いた。

彼女だ！

則子だった。ベッドから出た格好のまま、手すりのほうへと歩いていく。

「おい、何してるんだ！」

と、角田は声をかけた。

が、則子は、まるでそんな声など聞こえない様子で、手すりの所まで行くと、それを乗り越えようとした。

「待て！　おい、待て！」

角田はびっくりした。

則子のほうへと突っ走る。手すりを越えたら、後は落ちるだけだ。

「やめろ！」

危機一髪だった。――則子は、完全に手すりを乗り越えていた。

角田が、がっしりと後ろから抱き止める。

「おい！　よせ！　しっかりしろ！」

と、角田は怒鳴った。

しかし、抱き止めたものの、どうにも動きが取れない。――誰か来ないかな！

と、後ろに足音がした。

振り向いた角田はホッとした。

「小野《おの》さん！」

小野巡査だった。制服姿で、歩いてくる。

「早く！　手を貸してください！」

と、角田は叫んだ。

が、小野は、そのまま足を止めると、

「死なせてやれよ」

と言った。

「──何ですって？」

「死にたい奴《やつ》は死なせてやるのさ」

小野は、首を振った。

「おまえも、一緒についていってやれ」

「小野さん！」

角田は、小野が拳銃《けんじゅう》を抜くのを見て、目をみはった。

「俺を撃つのか！」

「撃ちゃしないよ」

と、小野は言った。

「殴《なぐ》るだけさ。下へ落ちれば、殴られたことなんて、後で調べたって分からない」

「何だって！　あんたは──」

「三池久子《みいけひさこ》の母親を眠らせたのも俺だ」

角田が啞然《あぜん》とした。

「──じゃ、ふたりで心中してもらおうか」

小野が、拳銃を手に近づいてくる。

角田のほうは、手すり越しに則子を抱き止めたままで、どうにも身動きが取れない。

「——恨《うら》むなよ」

と、小野が拳銃を振り上げる——。

その手首を、がっしりとつかんだ手があった。

「いてて……」

小野が顔をしかめた。

「けしからん奴だ」

と、クロロックが言った。

「少し眠っとれ」

小野の体が、二、三メートル吹っ飛んで、大の字にのびてしまう。

「——間に合った！」

エリカが、息を切らして駆けてきた……。

「——あの浮浪者がね、思い出してくれたのよ」

と、エリカが言った。

「あの、メダルを捜したときの？」

「そう。——後で、メダルを見つけて持っていったのが、いつもあのへんにいるお巡りさんだってことをね。私服だから、何となく見た顔だ、としか思っていなかったらしいんだけど」

「――小野さんが」

角田は、まだショックから立ち直れない様子だった。

医師がやってきた。

「いや、よかった。傷口も特に開いていませんよ」

「そうですか。じゃ――」

「今は鎮静剤《ちんせいざい》で眠っています」

「しかし、どうしてフラフラ出てったんだろう？」

と、角田が首をかしげた。

「救急車よ」

と、エリカが、窓のほうへ歩いていく。

「救急車？」

「あの赤いランプ。あれが、きっかけになったのよ」

「というと――」

「まだ、完全には催眠状態が解けていなかったんだわ」

と、エリカは言った。

「赤い光が点《つ》いたら、自殺する、という暗示をかけられていたのよ。——だから、あのとき、則子さんたちも……」

「でも、部屋に何もなかったぜ」

「あのとき、誰がいた？」

「そうか！　——小野さんだ」

「あのとき、小野さんは先に着いて、その光るものを持ち出していたのよ。そして外へ出て、私たちの後から、今来た、という様子で現れたんだわ」

「ちくしょう！」

「たぶん、久子さんが握っていたメダルも、どこかが赤く光るようになってたんじゃないかしら。——死体を運んで、メダルがどこかへ行ったのを知って、小野さんはあわてたんだわ」

「それで、捜しに行ったのか」

　角田は肯いて、

「でも、なぜ小野さんが……」

「そりゃ、あの人が、例の教団の信者だったからだわ」

「そうか……。じゃ、やっぱり教祖っていう奴が、やらせてたんだな！」

　角田が顔を真っ赤にして、

「殴り込んでやる！」

「ちょっと！　ヤクザじゃないんだから」

エリカは苦笑して、

「それより、則子さんたちの病室を、移してもらいましょ。救急入り口の見えない側に」

「俺が言ってくる！」

「ちょっと――」

「何だ？」

「そんな赤い顔していったら、また、暗示が出るかもしれないわ。私が行くわよ」

エリカが歩いていくと、角田は、ますます赤くなって、

「俺はそんなに赤い顔してない！」

と、文句を言った……。

母の一声

エリカとクロロックが入っていくと、もう聖堂は満員の盛況だった。

「立ち見が出てるな」

と、クロロックが言った。

「映画館じゃあるまいし」

——大した人気ではある。

教祖は、まだ姿を見せていなかった。

でも——エリカは思った。世の中には、こんなに大勢の、『寂《さび》しい人』がいるのかしら。

何かを信じたい、と思う人たちなのだ。

いや、安心できる場が、ないのかもしれない。家庭も、会社も、殺伐《さつばつ》としている世の中なのだろうか……。

「おや、これは——」

と、声がした。

振り向くと、あの教祖が、長い、立派な衣《ころも》をつけてやってきたところだった。

「どうも、先日は」

と、エリカは言った。

「興味があったので、来てみたんです」

「それは嬉《うれ》しい！」

と、教祖はニコニコして、

「どうか、ゆっくりなさってください。ここでは何も不安はありません」

「どうも」

「では、後ほど」

と、会釈《えしやく》して教祖が歩いていく。

信者たちが、ワーッと拍手を送った。

「——たいした人気ね」

と、エリカは言った。

「アイドル並みだ」

クロロックは肯《うなず》いて、

「しかし、私には向かん」

吸血鬼は、いつも十字架に迫害されて（?）きたので、宗教不信に陥《おちい》っているのである。

「それとも、〈吸血教〉でも新しく開くか」

「やめてよ」

と、エリカが苦笑いした。

教祖が正面の壇上《だんじょう》に立つと、さすがに、聖堂の中はシーンと静まり返った。

「皆さん——」

と、教祖が口を開く。

「今日もまた、すばらしい一日です——」

——エリカは、何となく、この教祖の人気が出るのも、分かるような気がした。

話している内容ではない。声がいい。それに、話し方にリズムがあって、聞いていて快《こころよ》いのである。

それは確かにひとつの才能かもしれなかった……。

話が十分ほど進んだころだったろうか。

急に、信者の中から、ひとりの女性が立ち上がった。そして、

「信平《しんぺい》! いい加減にせんか!」

と、大声を張り上げたのである。

教祖が、目に見えてギョッとした。

「あ、あの——どなたかは存じませんが——」

「馬鹿言うでねえ！」

と、そのおばさんが、圧倒的な声を出す。

「畑仕事が辛《つら》くて、家出しちまうような奴《やっ》が、人に説教なんかできると思っとるのか！」

「あ、あの——ね、話は後で——」

「とっとと家へ帰るんだ！」

「お願いだから——」

が、そのおばさん、信者たちが唖然《あぜん》として見守る前で、壇上へ上がっていくと、

「つべこべ言ってねえで、帰るんだ！」

と、教祖の手をぐいとつかんで引っ張った。

「待ってくれ！——お母ちゃん！」

「おまえにゃ、いくらでも仕事があるんだ！」

「そ、そんな——」

「早く来い！」

引っ張られて、教祖は、壇上から転がり落ちたのだった。

そして、この時点で、信者たちの偶像も、転がり落ちたのである……。

「――やれやれ」

と、クロロックは聖堂の中を見回した。

「こんなもの、どうするんだ?」

今は、空っぽだった。――エリカは首を振って、

「何かに使えるんじゃない? 少し改装すりゃ、ホールか何かになるわ」

「それもそうか」

クロロックは、祭壇のほうへ歩いていくと、

「――上に立つと、偉いような気がするな」

「それが怖いわね。人間なんて、単純だから、上のほうに立ってる人は、立派な人だと思っちゃうんだわ」

「まったくだ。――しかし、たまにはそうでない奴もいる」

クロロックが、祭壇に向かって、拳《こぶし》を叩《たた》きつけた。――バン、と音がして、板がふたつに割れると、それが両側へ落ちた。

「隠れとらんで、出てこい」

と、クロロックが言うと、

「ちくしょう！」

と、声がして、中から出てきたのは……。

あの教祖とそっくりの男だった。同じ衣をつけている。

「双子《ふたご》にしても、よく似たもんね」

と、エリカは感心した。

「出しゃばりやがって！」

「ま、あの口だけ達者な弟のほうはともかく、おまえは許してやるわけにはいかんぞ。

――多少催眠術が使えるからといって、信者の中の金のありそうな者を選んで、財産を巻き上げたな」

「ただの寄付さ」

と、その男は唇《くちびる》を歪《ゆが》めて笑った。

「三池久子《みいけひさこ》さんは？」

「あいつか。――あいつは俺の好みだったんだ」

「何ですって？」

「ちょっと可愛《かわい》がってやっただけなのに、泣いて訴えるとか言いやがって……。仕方なかったんだ」

「何てことを！」

「おまえらは、ちょっと催眠術がききそうもないな」

と、男は衣の下から拳銃《けんじゅう》を取り出した。

「他から巻き上げた金がたっぷりある。俺は失礼するぜ」

「逃げられやしないわ」

「そうかな？」

男が衣を脱ぎ捨てると、下は、ごく普通の背広姿だった。

「動くなよ……。撃《う》つぜ」

「逃げられない、ってば」

「やってみなきゃ分からねえさ」

「——そうかい？」

と、すぐ後ろで声がした。

男がハッと振り向く。角田《つのだ》の拳《こぶし》が、男の顎《あご》を直撃した。

男は、壇上からみごとに転がり落ちた。

「——双子だけあって、同じことをやるの」

と、クロロックが、感心したように言った。

「立て！　この野郎！」

角田が、また男を殴《なぐ》りつける。

男は、大の字になって、のびてしまった。

「――何だ、もう気絶したのか」

と、角田はつまらなそうに言った。

「角田君――」

と、エリカが、ポンと肩を叩いて、

「恋人から警官に戻りなさい」

「うん……」

角田は、肯いた。

「じゃ、悪いけど、かついでいくから、手伝ってくれ」

「OK」

かついでいく三人が、あまりその男をていねいに扱わなかったとしても、まあ、無理はあるまい……。

「――あ」

と、みどりが言った。

「みどりったら、やめてよ。変なこと思い出すじゃないの」

エリカが文句を言った。

ここは、あのバイキング料理のレストラン。

千代子《ちよこ》も加えて三人での昼食だった。

「でも、ほら――」

と、みどりが、今度は下のほうを指さす。

「あら、本当だ」

エリカは、あの歩道を見下ろして、中宮《なかみや》一家が三人で歩いているのに気がついた。

「すっかり元気になったみたいね」

と、千代子が言った。

「良かったわ。――図書館でまた一緒になれる」

と、エリカは言った。

みどりたちは、一緒になるにしても、たいてい食べる所なのである。

「そういえば……」

と、エリカは呟《つぶや》いた。

あの、浮浪者のおじさん、どうしたかな。

あの後、お礼を言おうと思って、あの場所へ行ってみたのだが、もう、姿が見えなかったのだ。

「――もう一皿取ってこよう」

と、みどりと千代子が立っていく。

「よく入るわね!」

と、エリカはもう満腹。

「――お飲み物でも?」

と、ウエイターがやってきた。

「ええ。コーヒーを」

と、エリカは言ってから、そのウエイターの顔を、まじまじと見て、

「あの――どこかでお会いしたことがあります?」

と訊《き》いた。

「はあ」

ウエイターは微笑《ほほえ》んで、

「向かいのビルの植え込みの陰で」

「あ!」

あの浮浪者のおじさんだ!

「びっくりした! ――いつからここに?」

「ほんの二週間ほど前ですよ」

「へえ。でも――よく思い切って」

「いや、研究して回ったんですがね」

「何を？」

「どこの料理が旨《うま》いか。残りものを食べて、合った味を捜したら、結局、ここが一番、ということで」

「へえ。――じゃ、ずっと働くの？」

「やってみると、なかなか仕事ってのも、いいもんですよ」

と、ちょっとウインクしてみせる。

「コーヒーでございましたね。すぐにお持ちいたします」

ウエイターが行ってしまうと、みどりが皿にケーキとアイスクリームをのせて戻ってきた。

「エリカ、あのウエイターと何をしゃべってたの？」

「え？　――ああ、ちょっと知ってる人だったの」

「へえ。どうして？」

「うん、ちょっとね。踏んづけたことがあるのよ、あの人を」

エリカの言葉に、みどりは目をパチクリさせていた……。

吸血鬼を包囲しろ

転　落

「エリカ……」

と、低い声がした。

「ん？　何よ？」

神代《かみしろ》エリカは、目を閉じたまま、言った。

「今、何時ごろかなあ」

「さあね。――たぶん、夜中でしょ。二時か三時」

「お腹空《なかす》くわけだ」

と、ため息とともに言ったのは、大月千代子《おおつきちよこ》だった。

「みどりは？」

と、エリカは目を開いて、

「みどり、よくグチを言わないね」

「言う元気、ないんじゃない？」

千代子の言葉で、エリカも納得した。

「どうするの、エリカ？」

「今はどうにもならないわよ。ともかく、明るくなるのを待って、なんとかここから脱出しないと」

「それまで見つからずに済むかしら？」

「どうかしらね。――祈るしかないわ」

エリカは、埃《ほこり》の匂《にお》いの漂う、じめじめした廃屋《はいおく》の中を見回した。もちろん、吸血族の血を引く神代エリカの目は並の人間とは違うので、この暗がりの中でも、ある程度は見通せる。

しかし、一緒にいる大月千代子と橋口《はしぐち》みどりのふたりは普通の人間だ。この闇夜《やみよ》の中へ出ていけば、とても歩けないだろう。

何しろ深い山奥である。いたる所に崖《がけ》もあるし、谷川の流れもある。転落したら、命を落としかねないのだ。

「でもさ……」

と、千代子がため息をついた。

「何で私たちがこんな目に遭《あ》わなきゃならないわけ？」

エリカも、その点では申し訳ないと思っていた。自分のせいで、千代子とみどりにも、とんでもない思いをさせることになってしまった。

しかし、エリカのせいといっても、エリカが何かしたというわけではない。エリカだって、『被害者』なのである。

「ウーン……」

と、かすかに呻《うめ》く声。

「みどり。——どうかしたの？」

エリカは、みどりが仰向《あおむ》けに寝ているほうへ、少し身を寄せていった。

「どうかした、って……。決まってるじゃないの」

と、みどりが、今にも死にそうな声を出した。

「お腹空いてるのは分かるけどさ、私たちだってそうなんだから」

と、千代子が、あまり励みにならないことを言って慰《なぐさ》めたが、もちろんこれでお腹がいっぱいになるわけじゃない。

「もうすぐ明るくなるわ。そしたら、ここを出て、山を下りましょう」

「道は分かるの？」

「分からないけど、上か下か、ぐらいは分かるでしょ」

エリカは極力明るく言った。こんな時、深刻になっても、ちっとも救われないのだから。

「私、下りる元気なんて、ないよ」

と、みどりがべそをかいている。

「しっかりしなさいよ」

と、千代子が顔をしかめて、

「大学二年よ、私たち！　小さな子供じゃないんだから」

「いざとなったら、転がしてあげる」

と、エリカは言ったが、

「——しっ！」

と、ふたりを抑《おさ》えた。

「どうしたの？」

「黙って」

エリカは、耳に神経を集中させた。——聴覚も人間以上のものを持っているのだ。

何か聞こえる。——人の声。何を言っているのか分からないが。

それに、何か、枝がメリメリと折れる音。重い物がズシン、と置かれるような震動……。

「——何なの、あれ？」

みどりも、震動は感じたらしい。

「起きて、みどり。千代子、ここにいるのを知られたらしいわ」

「お腹が鳴ったの、聞こえたのかしら」

みどりは、やっこらしょ、と起き上がった。

「じゃ、早く逃げなきゃ」

「うん。でも――」

妙だわ。この廃屋から、少なくとも二、三十メートルは離れた所で、止まっている。

それ以上は物音も近づいてこないのだ。何をしているのだろう？

「どうして近づいてこないのかしら？」

エリカは首をかしげた。

「いいじゃない、来なけりゃ。たまたま近くを通っただけかもしれないわ」

千代子の楽観的な見通しには、エリカとしては同意できなかった。

もし通りがかっただけなら、ひとつの所に、居座っているわけはない。向こうも、必死にエリカたちを捜しているのだから。

「――仕方ないわ」

と、エリカは言った。

「ともかく、ここを出ましょう。ふたりとも、私についてきて。足元に気をつけてね」

「お腹にもね」

と、みどりは、グーッと鳴るお腹をそっとさすった。

エリカは、廃屋の中を、そっと歩いて、出口のほうへと向かった。

「痛い！　つまずいちゃった」

と、みどりが悲鳴を上げる。

「しっ！　大声出しちゃだめよ」

と、千代子がつついた。

「そんなこと言っても――」

エリカが、戸口の、動きの悪い戸を、力を込めて開ける。

「行くわよ」

と、エリカは後ろのふたりに言った。

外は、かすかに白《しら》み始めたのか、ぼんやりと、木立の輪郭《りんかく》が浮かんできている。エリカには、これなら充分である。

「あの、少し明るく見えるほうへ向かっていきましょ」

エリカが歩きだしたときだった。――足元に、震動が伝わってきた。

「何かしら？」

千代子が立ちすくむ。

ゴーッという唸《うな》り。それが迫ってくる。バリバリと板や木を裂く音。

「走って！」

エリカが叫んだ。

「岩が落ちてくる！」

三人が隠れていた廃屋へと、巨大な岩が突っ込んできた。壁が砕け、柱が折れる。

「下敷きになったら終わりよ！　走れ！」

三人は、林の中へと、めちゃくちゃに駆け込んだ。

エリカは、ふたりに、

「左右へ散って！」

と怒鳴った。

それが——最後だった。突然、足元の地面がなくなってしまったのだ。

アッと声を上げる間もなかった。——明るく見えたのは、ただの空間だったのだ。そこから急な崖《がけ》が落ち込んでいたのである。

エリカは急な斜面を転がり落ちていった。

急流へと突っ込む前に、エリカが考えていたのは——。

お父さん、お母さんと虎《とら》ちゃんを大事にして、幸せに……暮らしたりして——くやしい！　誰がひとりで死ぬもんか！

——という、いささか乙女《おとめ》らしからぬ思いであった……。

エリカの帰宅

「だから、私が言ったんじゃありませんか」

と、涼子《りようこ》がかみついた。

いや、かみつくのは、本来、夫であるフォン・クロロックのほうの得意技《とくいわざ》である。もちろん今も涼子は本当にかみついたわけではない。

「エリカさんだけで出すのは危ないって！　それなのにあなたは――」

妻とはいっても、後妻の涼子は、娘のエリカよりもひとつ若いという『若妻』である。

このマンションに、赤ん坊の虎ノ介《とらのすけ》を入れて、一家四人、仲良く暮らしている。

伝統ある吸血族のクロロックが、若い奥さんと赤ん坊に囲まれて、ヘラヘラしながら生活しているという図は、かのドラキュラ伯爵《はくしやく》を大いに嘆《なげ》かせるに違いないが、まあ、人それぞれ、吸血鬼だって同じことだ。

「おい、待て」

と、クロロックは顔をしかめて、

「それは話が違うぞ」

「違うって、何が？」

と、涼子は腰に手をあてて、キッと夫をにらんだ。

「いや――私は、エリカたちだけでは心配だ、と言ったのだ。それをおまえが、『たまにはエリカさん抜きで、楽しくやりましょうよ』とすり寄ってきて――」

「あなた！」

涼子が声を一オクターブ高くして、

「じゃ、私がいけない、っていうのね！　エリカさんに何かあったら、私のせいだって！　分かったわ。あなたって私のことを――」

早くも目に涙がにじみ出る。こうなると、クロロックの負けである。

女の涙は、常に事実に優先する。――これがクロロックの『結婚生活の知恵』であった……。

「分かった、分かった。私の間違いだった」

と、あわててなだめる。

「――そう？」

「そうとも。おまえがそんなことを言うわけがない」

「そうでしょう？　私ってこんなにいい継母《ままはは》なんですもの」

「まったくだ。世界一だ。人類の歴史を通じても、これほど可愛《かわい》くてよくできた女房はおらん」

若い奥さんというのは、どんなに賞《ほ》めても賞めすぎってことはないのである。

「でも、あなた……」

と、クロロックに抱き寄せられて、涼子、うっとりしながら、

「こんなことしてていいの？」

「ん？――そ、そうだ！　こうしてはいられん」

クロロックはパッとソファから立ち上がったが、また、すぐにドサッと座り込んでしまった。

「しかし、困ったな！　どこへ行ったのか、見当もつかんときている」

「ワアワア」

と、虎ノ介が意見を述べた。

――夏休みである。

もちろん休みなのはエリカだけで、ある会社の社長を任《まか》されているクロロックも、休みは大好きだが（作者も好きだが）、学校みたいに二カ月も休むというわけにはいかない。

エリカが、

「千代子《ちよこ》と、みどりと三人で、旅行に行ってくるわ」

と、言いだした時も、別に、クロロックは反対などしなかった。

「三人だけで大丈夫か？」

とは言ったものの、なに、エリカはしっかり者だし、それにもう大学の二年生。クロロックの血を引いて、多少は人間以上の力も身につけている。まず心配はないはずだった。ただ、ちょっと気になったことといえば……。

「行きあたりばったりの列車に乗って、適当な駅で降りるの。そういう旅って、一度してみたかったんだ！」

「大丈夫か、そんな無茶をして？」

「平気よ。日本語はちゃんと通じるんだしね、どこへ行ったって。――その代わり、ちゃんと向こうから電話するから」

エリカはそう言って――もう十日間たつ。

三日目までは確かに電話があった。といっても、三日目の電話はディズニーランドからだったのだが……。どうやら三日間、フルにディズニーランドで遊んでいたらしいのだ。

それから、エリカたち三人は本当の旅に出たらしいが……。

「一週間も、何の連絡もないなんて」

と、涼子は、沈み込んで、

「きっと何か悪いことがあったんだわ。大月《おおつき》さんや橋口《はしぐち》さんのお宅でも、大騒ぎしてるみたい」

「うむ……。しかし、エリカがついとる。まずめったなことはないと思うが」

「そんなのんきなこと言って！　エリカさんだって、普通の女の子ですよ。――普通じゃないところもあるけど、でも、女の子なんですから。悪い男に騙《だま》されたり、ゴジラとケンカしたりすることだって――」

「ワアワア」

と、虎ノ介が、母親の足を引っ張った。

「なあに、お腹空《なかす》いたの？」

「ワアワア」

と、虎ノ介は、何だか母親を引っ張っているのだ。

「外へ出たいのかもしれん」

「夜中の十二時よ」

「月を見たいのかな」

「ウォーンなんて吠《ほ》えられたら、困るわ、あなたみたいに」

「わしゃオオカミか」

「──はいはい、じゃ、ちょっとだけ、お外へ行きましょうね」

と、涼子は、虎ノ介をかかえ上げた。

「今、昼間は暑いから、あんまり外へ出てないのよね。少し運動不足かな」

と、玄関でサンダルをはくと、涼子はドアを開けた。

「キャッ！」

「ワアワア」

と、虎ノ介が嬉《うれ》しそうな声を上げた。

「──エリカさん！　あなた、エリカさんが──」

そう。目の前に、エリカが立っていたのだ。

が、どこか様子が変だった。──ぼんやりした目で、涼子の顔を眺めている。

「エリカ！」

クロロックも飛び出してきた。

「帰ったのか！」

「あの……」

ヒョイ、と男の顔が出てきて、涼子はまた、

「キャーッ！」

と、悲鳴を上げたのだった……。

「——よほど疲れていたのだな」

クロロックは、ベッドで、死んだように眠っているエリカを見下ろして、言った。

「体中、あちこち傷だらけよ」

と、涼子が首を振った。

「いったい何があったのかしら？」

「分からん。——今は、ともかく意識を取り戻すのを待つしかないな」

「お医者さんにかかるほどのけがではないようね。でも、あとのふたりはどうしたのかしら」

「うむ。気の毒なようだが、エリカが帰ったことは、まだ知らせんほうがいい。事情がはっきりしてからのほうが」

「そうね……」

と、涼子は肯《うなず》いて、

「あ、そうだわ、さっきの方……」

居間へ戻って、ソファに座っていた若者へ、

「まあ、どうも、すみません」

と、あわててお茶を出す。

「いえ。どうぞお構いなく」

「君は大学生かね」

クロロックが、ソファに腰を下ろして訊《き》いた。

「ええ。T大学の三年生で、高岡《たかおか》といいます」

「そうか。――エリカをどこで見つけたのか、話してくれないか」

と、クロロックは言った。

「ええ。僕ら、N岳《だけ》のふもとでキャンプしてたんです。T大のワンゲルに入ってまして」

「N岳のふもと……」

「ちょうど帰る日の朝、後かたづけをして、川へ行って、使った皿なんかを洗ってたんです。そしたら、何だか白いものが流れてきて……。桃がドンブラコ、ドンブラコ……」

「桃太郎だな」

「いや、桃かと思ったら、それがあの子だったんです。――びっくりして、あわてて友だちを呼びに行き、引っ張り上げました」

「なるほど。その時、意識は？」

「ありませんでした。ただ、うわごとを――」

「ほう、どんな？」

「それが……」

高岡という、なかなか可愛《かわい》い顔をしたその若者、少しためらっていたが、

「何だかその——吸血鬼がどうとか、言ってるような気がしたんです。聞き違いかもしれませんが」

「吸血鬼？」

「ええ。——ともかく、そのままバッタリで、あとは眠り続けてました」

「ふむ……」

「病院へ連れていこうかとも思ったんですが、別に熱とかもないし、けがしてる様子でもなかったんで、いったん、大きな町へ連れていこう、ということになりまして。——車の中で、彼女、意識が戻ったんです。で、ここの場所を訊いて」

「そうか。いや、本当にありがとう」

クロロックは、高岡という若者の肩を、ポンと叩《たた》いた。

「就職に困ったら、私の会社へ来たまえ」

「はあ……」

高岡は目をパチクリさせている……。

「他のふたりのこと、何か言ってませんでした？」

と、涼子が訊く。

「他のふたり？」

「あの子、三人で旅行に出たんです」

「そうですか……。いや、何だか、まだ頭がボーッとしてるらしいんです。でも、当然ですよ。何しろ、あの川を流されてきて、よく溺《おぼ》れなかった、と思って、びっくりしたんですから」

「そりゃ、あの子は人間ではないからな」

「は？」

「いや、何でもない」

クロロックはあわてて首を振った。

「――じゃ、どうぞお大事に」

と、高岡というその若者は、立ち上がった……。

「まあ、もうお帰り？　二、三日ゆっくりしてらっしゃればいいのに」

「おい、涼子、ここは旅館じゃないぞ」

と、クロロックがたしなめた。

「――どうも、お邪魔《じゃま》しまして」

高岡は、玄関でもう一度頭を下げて、

「じゃ、エリカさん、お大事に」

と、くり返した。

「――なかなかいい青年だ」

と、クロロックは居間へ戻ると、感心した様子で言った。

「そうね、二枚目だし、私の好みだわ」

涼子の言葉に、クロロックは目をパチクリさせた。

しかし、それを聞いたら、クロロックより、もっとショックを受ける人間もいた。

――ちょうどマンションの外で、高岡保男《やすお》の出てくるのを、待っていたのである。

「まったく、もう！」

と、水野貴子《みずのたかこ》は、マンションを見上げながら、イライラして、呟《つぶや》いた。

「何やってんのかしら？　のんびり上がり込んじゃって」

しかし、高岡がのんびりしていたわけでもないし、彼女を平気で待たせていたわけでもない。

というのも、だいたい、高岡は貴子がここへ来ていることを知らなかったのだから。

貴子は勝手に高岡の後を尾《つ》けてきてしまったのだ。その理由は簡単。――エリカ、である。

水野貴子は、T大学で高岡より一年下の二年生。普通なら、先輩のほうが威張《いば》っているものだが、このふたりの場合は逆で、貴子のほうが、圧倒的に――というと、本人から異議が出るかもしれないので、『やや』と言いかえよう。やや、強かったのである。ただの先輩、後輩だった時は、そうじゃなかった。『恋人同士』という関係になったとたん、力関係は逆転したのである。

美人ではあるが気の強いぶん、貴子はまた猛烈なやきもちやきでもあった。

高岡が、キャンプで拾った、どこの誰だか分からない、得体《えたい》の知れないみっともない娘（これは貴子の極めて主観的な表現なのである）を、わざわざこうして、連れてきてやったりしているのが許せないのだ。

いや、高岡が、そのエリカとかいう娘に、結構悪い印象を持っていないことも、貴子は女の勘《かん》で、敏感に察していた。だから、こうして高岡の後を尾《つ》けてきたのである。

ま、もちろん高岡と水野貴子の仲は、大学の中でも周知のことで、今さら高岡が他の女の子に乗りかえることはないだろうと、貴子も思っていた。しかし、だからといってのんびり構えていられないのが、貴子のプライドの高いところなのである。

「いい加減、出てくりゃいいのに」

と、貴子はブツブツ言いながら、マンションの入り口のホールに入って、待つことにした。

――すると、誰かが、貴子に続いて、マンションの中へ入ってきた。

この暑いのに、きちんと黒っぽい背広に身を包み、ネクタイをしめている、あまり特徹のない男だ。その格好をチラッと見て、貴子は、お葬式に出てきたのかしら、と思った。

その男は、貴子のわきを通りすぎて少し行くと、ピタリと足を止め、振り返った。

「失礼ですが――」

「はあ」

貴子は、気のない様子で、男を見た。

「このマンションの方？」

「いいえ。友だちを待ってるんです」

と、貴子は言った。

「友だちというのは――もしかして、N岳で、娘を助けた大学生では？」

男の言葉に、貴子はびっくりした。

「そうです。でも、どうして……」

貴子がそれ以上何を言うつもりだったか、貴子自身にも分からなかった。次の瞬間には、貴子の喉《のど》へ、ピタリとナイフの鋭い刃が押しあてられていたからだ。

「声を出すなよ」

と、男は静かに言った。

貴子は、かすかに頭をたてに動かした。男は、ナイフの刃をピタリと貴子の白い首筋に当てたまま、貴子の背後へ回った。

「もう、下りてくるか？」

「え……高岡さんのこと？」

「高岡というのか。――恋人か」

「ええ……」

「死なせたくなきゃ、おとなしくしてることだ」

貴子は、まだ怖いという実感がなかった。そりゃそうだろう。ここがいかにもこんな目に遭《あ》いそうな盛り場の裏通りとかならともかく、ごく当たり前のマンションなのだ。

いったい何だろう、この男は？

と、エレベーターが一階へ下りてきた。扉がスルスルと開いて、高岡が出てくる。

「あれ？　君、来てたの？」

と、貴子の顔を見て、面食らったようにやってきたが、

「――おい、何してるんだ！」

と、男の手にナイフが光って、それが貴子の首筋に当てられているのに気づいて、青くなった。

「連れていったんだな」

と、男が言った。

「え？」

「例の、川から助けた娘だ」

「あ、ああ……。送り届けたんだよ」

「そうか」

男は、左手をポケットへ入れると、何か取り出したものを、高岡のほうへ放り投げた。

あわてて受けとめた高岡は、目を丸くした。

折りたたんだナイフである。

「これは――」

「もう一度、その娘に会ってこい」

「何だって？」

「そして、殺してくるんだ」

高岡が愕然《がくぜん》とした。

「いいか。言うとおりにしないと、この恋人の命がないぞ」

「おい、やめてくれ！」

「助けたけりゃ、あの娘を殺してこい。――入れてくれるさ。命の恩人だからな」

「しかし……」

「彼女が喉《のど》を切り裂かれてもいいのか？」

ナイフの刃が、かすかに肌を切った。——血が、うすくにじみ出て、

「あ……」

と、貴子が声を上げる。

「やめてくれ！——分かった！」

高岡が、震える手で、ナイフを握りしめると、肯いた。

「よし、行け」

と、男が促す。

「その必要はないさ」

階段のほうから、声がした。——フワリとマントが風をはらんで、クロロックが現れたのである。

「あなたは——」

「君が忘れ物をしたので追ってきたのだ」

クロロックは、手にしたキーホルダーを見せた。

「おい、その男、何者なんだ？」

「おまえがあの娘の父親か」

「そうだ。——エリカに何の恨《うら》みがあるか知らんが、何の関係もない娘さんをそんな目に遭《あ》わせて、恥ずかしいと思わんのか」

「大きなお世話だ。おまえのところの娘に用がある」

「その前にその娘さんを放せ」

「ちょっとでも近づいたら、喉をかっ切るぞ！」

男が、貴子の髪をわしづかみにして、喉へ一文字《いちもんじ》にナイフの刃を構える。

「馬鹿なことをするものじゃない」

クロロックが、右手を前へ出した。すると、男の手首が、見えない手でギュッとつかまれたかのように、ねじられた。男が、たまらずナイフを取り落とす。

「ちくしょう！」

男が貴子を突き放すと、クロロックのほうへ突っ込んでいった。が、どう見てもクロロックまであと二、三メートルはある、という所まで来て、ガン、とはね飛ばされて、後ろ向きにひっくり返った。

「こ、こいつ……」

起き上がったところを、また、見えない拳《こぶし》にぶん殴《なぐ》られたみたいに、ワッ、と吹っ飛んで、そのままマンションの外まで転がっていってしまった。

男が足をひきずりながら逃げていくのを、高岡と貴子がポカンとして見送っている。

「いや、迷惑をかけたな」

と、クロロックは言って、キーホルダーを高岡へと返してやった……。

誘拐された恋人

「心配かけて、ごめんなさい」

と、エリカは言った。

「よしてよ、エリカさんらしくない」

と、涼子《りようこ》が微笑《ほほえ》んで、

「あんまり殊勝《しゆしよう》なこと言われると、かえって調子が狂っちゃう」

「ワア」

と、虎《とら》ノ介《すけ》が同意した(?)。

「そんなにいつも私って反抗的?」

と、エリカは少々心外だ、という顔をしてみせた。

「そんなことないけど……。ともかく、無事に戻ってホッとした」

「まったくだ」

と、クロロックは肯《うなず》いて、

「さあ、スープを飲め。早く体力を回復することだ」

「大丈夫よ。もう二日間も眠ったんだから」

「それだけではだめだ。まだ目に力がない」

エリカにも、それは分かっていた。

崖《がけ》を転がり落ち、谷川に流されて、普通の人間なら、死んでいるところだ。かろうじて下流へ流れつくまでもちこたえたのは、やはり、クロロックから受け継いだ血のおかげである。

しかし、かなり体は参っているし、回復するのに、一週間やそこらはかかるだろう。

「でも――のんびりしていられない」

と、エリカは言った。

「千代子《ちよこ》とみどりがどうなったか……。もうあれから四日たってるんだもの」

「おまえの気持ちはよく分かる。しかし、助けに行くにも、おまえの体力が充分に――」

「そんなこと言ってるうちに、ふたりとも殺されちゃうかもしれないのよ！」

エリカが、父親へ食ってかかる。そして、フッと肩を落として、

「ごめんなさい……。分かってるんだけどね」

「いや、友情というのは大切だ」

と、クロロックは言った。

「おまえが、たとえ命を落としても、友だちを助けに行くのだと決心しているのなら——」

「してるわ。当然でしょ」

と、エリカは言った。

「それでこそ私の娘だ」

と、クロロックは肯いた。

「あなたも行くのね」

と、涼子が言った。

「うむ。エリカをひとりではやれん」

「分かったわ。じゃ、すぐ支度《したく》したほうがいいわね」

涼子が、寝室へと入っていった。

「——みどりたち、大丈夫かなあ……」

と、エリカは呟《つぶや》いた。

「おそらく、大丈夫だろう」

「どうして分かる？　気休めは言わないで」

「例の、おまえを狙《ねら》ってきた男だ。なぜこのマンションを知っていたと思う？」

エリカが、目を見開いて、

「そうか……。千代子かみどりに聞いて――」

「その可能性が高いじゃないか。つまりは、ふたりが生きている、ということだ」

「そうね！　そうだわ。どうして考えなかったんだろう」

エリカの顔が、雲の切れた空みたいに明るくなった。

「――どうだ。少し落ちついてきたのなら、何があったのか、話してみないか」

と、クロロックが言った。

「うん……。ともかく、バスを乗り間違えたのがいけなかったのよ」

と、エリカは言った。

「バスを？」

「N岳《だけ》のふもとまで行って、もういい加減暗くなってきたの。でも、その時はまだしばらく明るいんじゃないかと思ったし、それに、その町じゃ、ろくに泊まる所もなかったから、隣の町へバスで行こうってことになって――」

エリカがそこまで話しかけた時、玄関でチャイムの鳴るのが聞こえた。

「私が出よう。また妙な奴《やつ》だと困る」

と、クロロックが立ち上がった。

涼子が出ようとするのを止めて、クロロックは玄関へ行った。

「――クロロックさん！」

と、ドア越しに聞こえる声は、あの、高岡保男《たかおかやすお》のものだった。

クロロックは、ついてきたエリカのほうを見て肯くと、鍵《かぎ》を開けた。

「――すみません、突然やってきて」

高岡は、エリカに気づくと、

「やあ！　元気になったんだね。良かった」

「ありがとう。ゆっくりお礼も言ってなかったわね」

「いや、そんなこと、いいんだ」

と言いながら、高岡はひどくあわてている様子だった。

「何かあったのかね」

と、クロロックが訊《き》く。

「ええ……。実は、彼女がさわられたらしいんです」

「さわられた？　痴漢《ちかん》かね？」

「い、いえ――そうじゃなかった！　さ、さらわれたんです！」

エリカとクロロックは顔を見合わせた。

「困りました……。どうしたらいいんでしょう？」

「そうか。――いや、例の男かな、犯人は？」

「たぶん……。他にそんなことになる理由、思い当たりませんから」

「申し訳ないことになったわね」

と、エリカがため息をついた。

「私と娘は、問題の山の中へと行ってみるつもりだ。君も来るかね」

高岡は、少し考えていたが、

「行きます」

と、肯いた。

「助けに行かなかったら、彼女に後で何て言われるか、怖いですからね」

結婚したら恐妻家になるのは目に見えているわ、とエリカは思った。

さて……。

「あのバスよ！」

と叫んだのが、千代子だったか、みどりだったか、それはエリカにもよく思い出せないのだ。

ともかく、自分でなかったことだけは確かなのだが、他のふたりも、結構そう思っているかもしれない。人間の記憶というのは、そんなものなのである。

三人は、今まさに走りだそうとしていたバスへと、あわてて駆けだした。

「待って！　待って！」

と、みどりの怒鳴り声が聞こえたのか、バスは、いったん、思い止《とど》まるように、エンジンの音が低くなった。

薄暗くて、行き先の文字が、外ではよく見えなかったのも、不運だった。

しかし、乗り込んだ三人は、すっかり安心して、エリカは明日の予定のことを考え、千代子は、あといくらお金が残ってたかしら、と考えていた。——みどりは？　もちろん、今夜は何を食べられるかしら、と考えていたのである。

バスは、ノロノロと走りだし、三人に、走りだしても、充分に追いかけて捕まえられただろう、と思わせた。

ひどく揺れる道だったが、エリカはウトウトしてしまった。それもまずかったのである。

「——ねえ、エリカ、起きて」

と、揺さぶったのは、千代子だった。

「え？　もう着いたの？」

と、エリカが目をこする。

「そうじゃないの、何だか変よ」

「変って？」

エリカは窓の外を見て、千代子の言う意味を理解した。

外は、真っ暗だった。そして、バスは、息を切らしながら、かなり急な山道を上っているらしかったのである。

「上ってるのよ。さっきから、ずっと」

と、千代子が言った。

「だったら、もっと早く言えばいいじゃないの！」

「だって……。そういうことって、エリカの担当でしょ」

「担当って……。もう、まったく！」

エリカは、ため息をついた。

「そんなのに、担当も何もないでしょう！」

文句を言ったところで始まらない。ともかく、千代子は、そんなこと言ったって、とふてくされているし、みどりは——居眠りしている。

エリカはバスの中を見回した。——三人が乗り込んだ時には、まだ七、八人は客がいたのに、今はひとりもいない。つまり、エリカたちだけなのである。

「参ったね！」

エリカは、ともかく、あわてて席を立つと、運転席へと歩いていった。ひどく揺れるので、座席の背につかまりながらでないと、歩けない。

「あの——すみません」

と、エリカが声をかける。

運転手は、振り向こうともしないし、返事もしない。エリカは、もう一度、

「ちょっと、すみません」

と言った。

「見て分からんのか」

「え？」

「話に気を取られてたら、バスが崖《がけ》から落っこちるよ。それでもいいのか？」

「いえ……。そりゃ困りますけど……」

「じゃ、おとなしく座ってな」

もうかなりの年輩――五十代も後半だろうという印象。何とも愛想《あいそ》のない言い方に、エリカもカチンときた。

「乗るバス、間違えちゃったらしいんです。これ、どこへ行くんですか？」

「終点だよ」

何て返事！　エリカは頭にきた。

「降ります！　停《と》めてください！」

「ほう。ここで降りるのか」

と、運転手は、バスを停めた。

「じゃ、好きにするといい」

――エリカは、窓の外を見て、しまった、と思った。

何しろ外は真っ暗。山の中だとしたら、とても物騒で歩けない。

「降りないのか？」

エリカも意地になっていた。

「降りますとも！――千代子！　荷物持って。みどりを起こすのよ！」

「だって、エリカ……」

「降りるわよ、私」

エリカは自分の荷物を手に、開いた扉から外へ飛び降りた。

「エリカ！　待ってよ。ちょっと待って！　降りるから」

千代子が、まだ半分――いや、八割方は眠っているみどりの手を引っ張って、バスから降りてくる。

「どうしたの？　ねえ……」

みどりが、欠伸《あくび》をしているうちに、バスは扉を閉めて、さっさと走っていってしまった。

「まったく、頭にくるわね、あの運転手！」

エリカはカッカしていた。

「まあ、同感だけどさ。でも、エリカ、ここどこなの？」

千代子が、心細い声を出した。

「さあね……」

エリカの目でも、この暗さでは、そう遠くまでは見えない。ただ、山道とはいっても、バスが通っているくらいだ。人里離れた秘境ってわけではないだろう。

「ともかく、歩こう」

と、エリカは言った。

「どっちへ？」

「そうねえ……」

行ったほうが近いのか、戻ったほうが早いのか、エリカにもよく分からない。どっちにしろ、確率《たい》は五〇パーセントだ。

「道、もう平らになってきてるじゃないの。このまま先へ行ってみようよ。道があるからにはどこかへ着くわ」

エリカの意見は極めて論理的ではあったのだが、みどりは、やっと状況を理解すると、

「ねえ、お腹空《なかす》いたわ」

と、早速言いだした。

「仕方ないじゃないの。ここで立ってたって、食べるもののほうから来てくれるわけじ

「でも……。エネルギーを使わずに済むわ」

と、みどりは主張した。

「山で遭難するのは、たいていむだに歩き回って、体力を消耗するからなのよ」

「みどりったら……。バスの通ってる山で遭難すると思ってんの？　笑いものになっちゃうわよ」

「笑われてもいい！　飢《う》え死《じ》にするよりも……」

と、みどりの言葉は、早くも悲愴味《ひそうみ》を帯びてきている。

まさか、みどりひとりをここへ置いていくわけにもいかないし……。何でつれば、みどりがノコノコついてくるかしら？　ニンジンかな？（馬じゃあるまいし）

「お迎えに参りました」

突然、すぐ後ろで声がしたので、三人とも飛び上がるほどびっくりした。エリカも、その足音に気づかなかったのだから、よほど静かに近づいてきたのに違いない。

振り向くと、ボーッとした明かりの中に浮かび上がった男の顔……。お化けみたいで、みどりなど、まともに、

「キャッ！　お化け！」

と、叫んだのだが、エリカはさすがに、

「ど、どうも――」

と、一応頭を下げたのだった。

「申し訳ありませんでした。もう少し遅いお着きかと思っておりましたので」

「は?」

どうやらこの人、誰かと勘違いしてるらしいわ、とエリカは思った。しかし、そんなことなど構う様子もなく、

「では、ご案内いたします」

と、その男、足元を照らす大きなランプ(まさに時代ものだった)をさげて、歩きだしたのである。

「あの――でも――」

「もう時間も時間でございます。お腹もお空きでしょう。お食事の用意もできておりますので」

この一言で、みどりの顔がパッと輝いた。

「ね、エリカ、行こ!」

「だって――」

「いいじゃない! ともかく向こうへ着いて、話をすれば。ここにいたって、しようがないんだし」

「うん……。まあね」

ともかく、どこへ案内してくれるのか、山を下りる道ぐらいは訊けるだろう。——エリカも、ここはみどりに同意することにしたのだった。

年齢のよく分からないような、不思議な男だったが、足取りは速く、もちろん慣れた道でもあるのだろうが、どんどん林の中を進んでいくので、見失わないようについていくのがやっとだった。

もし、誰かが来ることになっていたのだとしたら、そう言っとかないと、とエリカは思った。だって、その人がまた、あのバスを降りて、立ち往生《おうじょう》してしまうだろうから。

でも——変だ。

あそこはバス停でも何でもない。エリカたちがあそこでバスを降りたのは、偶然に過ぎないのである。

それなのに、あの男は「迎えに来た」のだ。——エリカは首をかしげた。

もちろん、エリカだって、空腹ではあったから、たとえ間違いでも、食事にありつけるのは嬉《うれ》しかったには違いないのだが。

でも、何だか『いやな予感』がした。——だいたい、悪いほうの予感は、エリカの場合、当たることになっている。

そして……。

「——満足！」

と、みどりが言った。

「ねえ、エリカ、いい所でバス降りたわね」

「調子いいんだから、みどりは」

と、千代子が苦笑した。

「だって本当においしいんだから。ほめて悪いってこと、ないよね、エリカ？」

「うん……」

エリカはあいまいに肯いた。

あんまりみどりをたしなめるわけにもいかないのは、エリカだって、満腹になるまで食べてしまったからだ。『人違い』だってことも言わないで……。

——寂《さび》しい村だった。

いや、『村』というべきなのかどうか。何十軒かの家が、谷間にひっそりと、人目を避けるように寄り集まっているのだ。

エリカたちが案内されたのは、一見してこの村の中でも一番立派な家で——いや、広さだけからいえば、『屋敷』と呼んでもいいだろう。古い家で、中はやたらだだっ広い。

しかも、人が住んでいるという気配が、いっこうにないのである。

もしかすると来客用にだけ使っているのかもしれないな、とエリカは思った。

エリカたちが着くと、それこそ待ち構えていたように料理が出てきて、運んでくれるのはかなり年輩の女性たち。試《ため》しに、

「この家の方ですか」

と、エリカが訊くと、笑って、

「とんでもない！」

と言うだけだった……。

「――お腹いっぱいになったら、眠くなっちゃった」

みどりが大欠伸《あくび》をする。――寝る子は育つ、なんて言葉を思い出させる、堂々たる（？）欠伸だった。

「知らん顔して、食って寝ちゃいらんないわよ」

と、エリカは言った。

「ともかく、事情だけでも説明しないと」

「それはエリカの担当ね」

と、千代子も、のんきなことを言っている。

「まったく、もう！」

と、にらんでみせたものの、確かに、これは自分の手で事情を調べる必要がある、とエリカも考えていた。

するると、部屋の障子《しょうじ》がスッと開いて、食事を運んでくれた女の人のひとりが、顔を出した。

「隣の部屋に床《とこ》を敷きましたので」

と言われて、タイミングの良さに目を丸くする。

「それから、お風呂《ふろ》も沸《わ》いております」

「嬉しい！　入りたかったの！」

と、みどりが飛び上がる。

「この突き当たりでございますので。――どうぞごゆっくり」

エリカが言いかけるのも構わず、ピシャリと障子が閉まってしまう。

「あの――」

「参ったね！」

と、エリカは言った。

「いいじゃない。明日、ゆっくり考えれば？」

と、みどりは早くも立ち上がって、

「私、お風呂へ入ってこよう、っと」

確かに、もう夜もかなり遅くなっていた。明日になってから、改めて話をしようか。

――エリカも、そう思うようになっていたのである。

深夜の会合

いい加減くたびれていたところへ、たらふく食事をして、のんびりお風呂《ふろ》につかったら——これは眠くならないのがどうかしている。

みどりも千代子《ちよこ》も、お風呂の中で眠ってしまわなかったのが不思議なほどだった。

実際、みどりなんか、用意してくれていた浴衣《ゆかた》を着るのも半分トロンとしていて、エリカが手伝ってやったくらいである。

布団《ふとん》に入ったとたん、ゴーッ、グオーッと盛大な寝息をたて始める。いつもはそれが邪魔《じゃま》で寝そびれてしまうエリカと千代子も、数分とたたずに寝入ってしまったのだから、いかに眠かったか、分かろうというものである。

——しかし、エリカが他のふたりと違うのは、やはり父の血筋で、夜中になると、自然に体調が良くなる、という点である。

パチッと目を開いたのは、おそらく、エリカの勘《かん》では午前二時ごろか。——だいたい、睡眠時間も少なくて済むのが、人間と吸血鬼のハーフ(?)のいいところである。

人の足音が聞こえる。

エリカは起き上がった。この家の中ではない。表だ。

周囲があまりに静かなので、エリカの耳には届いてくるのである。

ひとりではない。何人かの足音。

こんな時間に、何事だろう？

エリカは、布団を出ると、自分の服に着替えた。——他のふたりは、まるで目を覚ます様子がない。

エリカは、廊下《ろうか》へ出て、この広い家の玄関へと歩いていった。家の中には、他に人の気配がない。

これも妙な話である。もちろん、食事を出してもらったのはありがたいが、もし誰かと勘違いしているとしても、客の素性《すじょう》も確かめずにもてなすなんてことがあるだろうか？

何か、そうする理由があるとすれば、それは何だろう？

エリカは、玄関の所まで来て、表の様子をうかがった。——通りを、人が歩いていく。みんな同じ方向へと行くようだ。

その足音から察して、何十人かはいるらしい。エリカは、玄関の戸を開けようと思って、手をのばしたが——。

「ちぇっ！　蚊《か》に刺された」

と、男の声が、玄関のすぐ表で聞こえて、エリカは、手を止めた。

「俺はちゃんと虫よけのスプレーを使ってるぜ」

と、もうひとり、男の声。

「何だよ、貸してくれりゃいいじゃないか」

「言わないからさ。——ここにゃ持ってないんだ。家に置いてある。取ってこようか？」

「いや……。いいよ」

と、相手がためらいながら言った。

「ここから離れると、村長に怒られるからな」

「村長か」

ふたりの男は、一緒に笑った。

エリカは、首をかしげた。——このふたり、家の前で、何をしているのだろう。

村長に怒られる……。それはどういうことなのか。

「椅子でも持ってくりゃ良かったな」

と、ひとりが言った。

「突っ立ってるのも退屈だ」

「だけど、立ってないと眠っちまうかもしれないぜ」

「それもそうか」

「見張りだけさせられて、何も得になることはないんだから。面白くも何ともないぜ、まったく」

――と、そこへ、もうひとりの足音が近づいてきた。

「おい！　何をしゃべってるんだ」

と、その男は、ふたりを叱《しか》りつけるような調子で、しかし低く抑《おさ》えた声で言った。

「あ――いえ、眠気《ねむけ》ざましに、世間話をしていました」

「そんな大きな声を出すな。中の三人に聞こえたらどうする」

「大丈夫ですよ」

と、もうひとりが笑って、

「三人ともぐっすりです。大地震が来たって、起きやしません」

「油断するな。――いいか、もし逃げられたら、ふたりともクビだぞ」

「大丈夫です。目はパッチリ開けています」

「頼むぞ」

まだ少し文句を言いたそうな様子だったが、ふたりよりは少し年齢のいっているらしいその男は、急ぎ足で立ち去った。

エリカは、そっと玄関から離れ、廊下へと戻って、息をついた。

「こりゃ、とんでもないことになりそうだわ……」

と、呟《つぶや》く。

あのふたりは、エリカたちがこの家から逃げ出さないように見張っているのだ。つまり、エリカたちは、ここに監禁されている、ということである。

理由までは分からないが、少なくとも、その点だけは確かなようだ。

千代子とみどりを起こそうかと思ったが、もう少し当たってみてからでもいい、と思い直す。念のために、裏口にも行ってみたが、玄関と同様、ふたりの男が番をしているのが分かった。

どうせ外から戸も開けられないようにしてあるのだろう。——エリカは、考え込んだ……。

屋根の上から見下ろすと、この村の中心に当たる建物に、明かりが点《つ》いているのが、一目で見て取れる。

エリカは、瓦《かわら》をけとばしたり、踏んで割ったりしないように、用心しながら屋根の上を歩いていった。どこかから下へ下りられないだろうか？

グルッとひと回りしてみて、気づかれずに下りるのは難しいということが分かった。

どっち側へ下りても、玄関と裏口を見張っている男たちの目に入ってしまうのだ。

もちろん、みどりなどに、この屋根から飛び下りろと言っても無理な話だ。二階の天《てん》井裏《じょううら》から屋根へ上るのだって、エリカだから簡単にやれたものの、他のふたりには、とても無理だろう。

エリカは、ふと、屋根のほうへ太い枝を伸ばしている大きな木に目を止めた。――あの枝へ飛び移って、木を伝って下りられないだろうか？

枝はかなりの太さがある。たぶん、大丈夫だろう。――やってみるしかない。

あの、明かりの点いた建物に人々が集まって何をやっているのか、それを覗《のぞ》けば、少なくとも少しは事情が分かるのではないかと思ったのである。

「よし……。軽く――軽く、フワリと」

屋根からその太い枝まで、ほんの一メートルほど。ポンと飛べば、容易にその枝へ取りつけるはず……。実際、エリカの狙《ねら》いは違《たが》わず、屋根を蹴って、パッとうまくその枝に取りついたのだが――。

メリメリ……。

見かけほど丈夫な枝ではなかったらしい。

あ……。いけない！

と思った時は、もう、枝が折れて、エリカの体は地面に叩《たた》きつけられていた。

いや、叩きつけられたといっても、そこは人間離れのしたエリカである。並の人間なら大けがだろうが、

「あ！　いたっ！」

と、顔をしかめるぐらいのことで済んだのである。

「ワッ！」

と、びっくりして飛び上がったのは、エリカの目の前に、若い女性が立っていたからである。

「あの――」

と、エリカが言いかけると、白のブラウスと紺のスカートという地味なスタイルのその女性、

「しっ！」

と、エリカを抑えて、

「その枝の陰に隠れて！」

と、低い声で言った。

ドタドタと足音が聞こえる。玄関のほうで見張っていた男たちが駆けつけてきたのだ。

これだけ派手な音をたてたのだから、当然のことだろう。

エリカは、折れて落ちた枝の下へ身を隠すようにして地面に伏せた。

と、男のひとりが鋭く声をかける。

「誰だ！」

「すみません……。いたた……」

と、その若い女性が、たった今、やっと立ち上がった、というように、

「いや、というほどお尻《しり》を打っちゃった……」

「何だ、岸田《きしだ》君か」

「すみません、お騒がせして」

「何してたんだい？」

「木登りです」

「木登り？」

「ええ。子供のころ、よく近所の木に登って遊んでたんです。で、この木を見たら、何だか懐かしくなって、つい……」

「へえ、我がマドンナの岸田容子《ようこ》君がねえ。だいぶイメージが違うな」

「すみません。イメージを壊して」

岸田容子と呼ばれたその女性は、そう言って笑った。

「いや、しかし、大丈夫かい？」

「ええ、お尻を打ったぐらいで。——内緒にしておいてくださいね」

「分かったよ。その代わり、一度夕食を付き合ってもらいたいな」

と、男のほうが笑って言った。

どうやら怪《あや》しんではいないようだ。

「私、大食いですけど、それでよろしければ」

と、岸田容子は言った。

「いいとも。――じゃ、バイキング料理にするかな」

それを、もうひとりが、

「そういうせこいこと言ってるから、もてないんだぞ、おまえは」

と、からかった。

「あら、おふたりとも持ち場を離れて大丈夫なんですか？」

「そうだ！　おい、戻るぞ」

ふたりの足音が遠ざかると、エリカはホッと息をついた。

枝の下から這《は》い出して、

「すみませんでした」

と、礼を言う。

「シッ！――どこから出てきたの？」

「屋根です。枝が折れちゃって」

見たところ、二十三、四の女性だった。

着ている物は、いかにも野暮《やぼ》ったいが、雰囲気は都会的で洗練されている。今の男が「マドンナ」と呼んでいたのも、よく分かる美人だった。

「教えてください」

と、エリカは、低い声で言った。

「いったい何があるんですか？　どうして私たちをここへ閉じこめているんですか？」

「それは……」

と、岸田容子は、ためらって、

「私には説明できないわ。ともかく、あなただけでも、一刻も早くここを逃げ出すのよ！」

「逃げる？　――もし、逃げられなかったら？　どうなるんです？」

岸田容子は、少し間を置いて、言った。

「あなた方、殺されるわ」

エリカが愕然《がくぜん》としていると、岸田容子は、

「隠れて！　来る人がいる」

と、囁《ささや》くように言った。

「そう……」

我に返ったエリカも、近づいてくる足音を聞いていた。今度はひとりだ。

「分かりました。――ありがとう」

エリカは、小走りに道の暗がりの奥へと身を隠した。

「――どうかしたのかい？」

やってきた男は、ジーパン姿で若々しいが、声の感じでは、もう二十七、八だろうと思えた。

「ううん、何でもないの」

と、岸田容子が、その男の腕を取る。

恋人同士、というムードだった。

「ここは人目があるわ。他の所へ行きましょうよ」

「うん。――山の中は涼しいなあ」

「いいの、こんな所に来て？」

「構やしないよ。どうせ話ったって分かってる。『村長さん』の言うことはね」

「じゃ、あっちへ行きましょう」

エリカには、あの女性が、わざと男をここから引き離してくれたのだということが分かった。

さて――どうしたものか。

エリカは、考え込んだ。

どうやら、エリカたちはとんでもない罠《わな》の中へ飛び込んできてしまったようだ。もちろん、その罠の目的もよく分からないのだが、それにしても、あの女性が、『殺される』と言ったのは、冗談でも何でもあるまい。

もし、エリカがひとりなら、もっと好奇心を燃やして、真相を探ろうとしたかもしれない。しかし、今は千代子とみどりが一緒なのだ。

危険は避けなくてはならない。

では、何とかして逃げることだ。そのためには、ふたりを起こし、支度《したく》させなくてはならない。

どうやって？　いったん外へ出てしまった以上あの見張りの男たちの目につかないで中へ入るのは、また難しいことになってしまった。

でも、早いほうがいい。――あの明かりの点いた建物に、人が集まっている間のほうが、逃げたことにもなかなか気づかれないかもしれないからだ。

――エリカは、考え込んだ。

村の一戸の窓から白い煙が出始めたのは、それから三十分ほどしてからのことだった。

玄関で見張りに立っていたふたりは、五分おきぐらいに欠伸《あくび》をしていて、眠らないためには、少しマラソンでもしなくては無理か、というくらい、眠気がさしてきていた。

「おい――何だか煙くないか」

と、ひとりが言いだした。

「ええ？　焼き鳥屋でもあるのかな」

「こんな所に？　まさか！」

「でも、本当に――」

と言いかけて、目をみはり、

「おい！　あの家だ！」

指さした家の窓から、白い煙が流れ出している。

「――た、大変だ！　火事だぞ！」

「みんなを呼んでこい！」

「分かった！」

ひとりが、煙の出ている家のほうへ、もうひとりが、明かりの点いた建物へと走っていく。

この時を待っていたのだ！――エリカは玄関へと駆け寄ると、表からかけたカンヌキを外し、家の中へ入った。

廊下を突っ走って、寝ていた部屋へ飛び込むと、

「起きて！　みどり、千代子！」

と、遠慮なくけとばす。

「な、何よ、どうしたの？」

千代子のほうは、すぐに飛び起きて目をパチクリさせているが、みどりのほうはかなり手強《てごわ》い。

「早く支度して！」

と、エリカは千代子へ怒鳴った。

「逃げるのよ。ここにいたら殺されるわ」

「こ、殺される？」

「そう。今は説明してる暇《ひま》ないの。――みどり！　みどり！」

少々ゆさぶったぐらいでは、起きない。エリカは、風呂場へ走っていくと、手おけに水を入れて戻ってきて、寝ているみどりにぶっかけた。

「キャーッ！」

さすがのみどりも、この一撃には飛び起きた。

エリカたちが支度をしている間に、表は騒がしくなってきていた。

人々が、煙の出た家へと駆けつけているのだ。

「早くして！　裏口からよ」

エリカは、ふたりを促《うなが》した。

煙といっても、火事ではない。ただ、派手に煙の出そうな物を集めて、バケツの中で燃やしただけである。

エリカたちが逃げるためにやったのだということは、すぐに分かるはずだ。急がなくてはならない。

裏口の戸も、外からカンヌキがかけてあるだろう。

エリカは、エネルギーを集中させて、裏口の戸を押し倒した。

目の前に、見張りの男がひとりで立っている。いきなり戸が弾《はじ》け飛ぶように倒れたので、目を丸くしていた。

「失礼！」

エリカは拳《こぶし》を固めて、男の顎《あご》を一撃した。男はアッサリのびてしまう。

「凄《すご》い！」

みどりがびっくりして、

「エリカ、それじゃお嫁に行けないや」

「何言ってんの！　早く！」

三人が駆けだす。――と、パッと周囲が明るくなった。

「いたぞ！」

「逃がすな！」

男たちが手に手にライトを持って、迫ってきた。

「もう見つかったわ！――林の中へ入るのよ！」

「道、分かるの？」

「道なんかないわよ！」

エリカは、みどりと千代子を押しやるようにして、林の中へ飛び込んでいった。

「荷物は捨てるのよ！」

「ええ？　もったいない……」

「命より大事？」

「じゃないけど――」

「じゃ、捨てるのよ！」

三人はバッグを放り出し、暗い林の中を駆けていった。

もちろん、男たちも、三人を追って林の中へ入ってきていた。

逃げ切れるかどうか。――しかし、ともかく暗いので、追うほうも、容易には追いつけない。

「早く！　早く！」

エリカは先頭に立って、後のふたりを先導していった……。

消えたバス

「何ですって？」

と、エリカは思わず訊《き》いた。

「だから、言ったでしょう」

と、バス会社の男は、肩をすくめて、

「山を上る路線なんて、もう何年も前からなくなってるんですよ」

「だって、そんな――」

エリカは、唖然《あぜん》として、

「だって、私、乗ったんですよ、そのバスに」

「何か夢でも見たんじゃありませんか？　ともかく、こっちは忙しいんです。変なことで時間を取らせないでください」

「忙しいって――何もしてないじゃありませんか」

と、エリカが言うと、相手はムッとした様子で、

「ここに座ってるのが私の仕事なんです！　これだって、結構大変なんだから！」

バス会社ったって、小さな小屋みたいなもんで、せいぜい社員は二、三人だろう。今は窓口の所に、その男がひとりで座っているだけなのである。

「こっちは重大な用件なんです！　真剣に考えてくださいよ」

エリカがかみつきそうな声を出すと、相手は、いささか恐れをなした様子で、

「お、おどかす気か？　私は――私はここのお巡《まわ》りさんと仲がいいんだぞ！」

「まあ、待て」

クロロックが、エリカを抑《おさ》えて、

「なあ君、人間というものは、いつ、どこで他人の世話になるか分からんのだよ」

「な、何だよ、あんたは？」

「聞きなさい。君もいつまでこの会社にいられるか分からない。バス会社が潰《つぶ》れたらどうするね？」

「そんな、縁起でもないことを――」

「職もなく、家族をかかえて、君はあてのないまま上京する。しかし、都会の風は君に冷たい……」

「わ、私はこの土地から動かない！」

「仕事を求めてさすらう間、ふと君の心に悪魔の声が囁《ささや》きかける。――『あいつの財布

をすり取ってしまえ！』とね」

「私がスリを……」

「しかし、やったこともないのに、うまくいくわけがない。君はたちまち取り押さえられ、警察へ突き出されそうになる。父親がスリの現行犯で捕まったと知ったら、妻や子はどんなに悲しむだろう。君は地面にうずくまって泣く……」

「そ、そんなことが……」

「その時、財布を狙《ねら》われた紳士が、君の肩にやさしく手をかける。『もう二度とやらないと誓うかね？』」

「も、もちろん、誓います！」

相手も、完全にのせられている。

「いいだろう。今日は何もなかったことにしてあげよう」

「あ、ありがとうございます！」

「いいかね。こんなことをして、奥さんや子供さんがどう思うか、よく考えなさい」

「はい……」

と、涙ぐんでいる！

「もし、仕事がないのなら、私の所へ訪ねておいで。私は、まあたいして大きな会社じゃないが、一応社長をやっている」

「社長さんでしたか！　どうりで、人品《じんぴん》いやしからぬ……」

「まあ、雑用ぐらいなら、君を使ってあげられるかもしれない。――いいかね。決してやけを起こすんじゃないよ……。紳士はそう言って、静かに立ち去る」

「ありがとうございます！」

バス会社の男は、両手を合わせておがんでいる。

「その紳士が、この私ということだって、あり得るわけだ。――君がここで親切にしておいてくれれば、私もそれに報《むく》いることができるというもんだよ」

「はあ……。いや、本当です。人間、思いやりの心が大切です」

「そうだろう？　で、山へ上るバスの路線はいつからなくなったんだね？」

「はい！」

と、背筋をピンとのばし、

「ここ一年ほどになります。――何しろ、あの山に住む人がいなくなったものですから」

「いない？　でも、確かに――」

エリカが言いかけるのを、再びクロロックは抑えて、

「しかし、現実に一週間ほど前、一台のバスが、ここから山を上っていった。客も七、八人乗っていたのだ。――君、何か思いあたることはないかね」

「そうですねえ……」

と、じっと考え込み、そして、ふと思いあたった様子。

「待ってください。――このバス会社としては、もちろん、そんな路線外の所へ走らせることはありません。しかし、もしかすると――」

「何かあるのかね？」

「バスを買った人がいるんです」

エリカとクロロックは顔を見合わせた。

「バスを買った？」

「ええ。路線がなくなって、当然、バスも余っちゃうわけです。で、会社としても、古いバスなんて、どうしようもありませんからねえ」

「そりゃそうだ」

まさか自家用に使うってわけにもいかないだろう。

「そしたら、何だか、そのバスを買い取りたいって人が出てきたんですよ。結構、いい値段でね。それで会社のほうはもちろん大喜びで売っちゃったんです」

「なるほど。すると、そのバスを使って、あたかも普通のバスかのように見せかけることはできるわけか」

「そりゃできるでしょう。見たとこは、まったく同じですから。もちろん、手を加えてあるかもしれませんけどね」

するとあのバスの運転手、何人かの乗客も、みんなグルだった、ということになる。

ずいぶん手のこんだことをしたものだ。

「誰がバスを買ったか、分かるかね？」

と、クロロックが訊《き》いた。

「さあ……。私は平社員ですからね」

「何とか調べられんかね」

「やってできないことはないと思います。——いいですよ。調べてみましょう」

「そうか！」

「将来、どこでお世話になるかもしれませんからね」

どうやら、クロロックの話に相当感銘《かんめい》を受けている様子だ。

「少し待ってください。本社へ行かないと、そういう記録が残ってないんです」

「いいとも。では、また来よう」

「夕方にでも。それまでに、命をかけても調べ出してみせます！」

——エリカたちは、少し離れた所まで来て、顔を見合わせて、吹き出してしまった。

「お父さん、あんな才能もあったのね」

「話の中にこめられた真実が、人の心を打つのだ」

と、クロロックは澄まして言った。

「でもびっくりしました」

と、言ったのは、高岡保男《たかおかやすお》である。

「これから、どうするの？」

「バスの件は、あの男が調べてくれる。その間に、おまえの行った村という所へ行ってみようじゃないか」

「そうね」

三人は、レンタカーを借りてきていた。運転は高岡である。エリカも一応免許を持っているのだが、まあ世の平和のためには、あまりハンドルを握らないほうがいい、という程度の腕前。

「じゃ、だいたいどのあたりか、見当で教えてください」

高岡が車のエンジンをかけながら言った。

「――その道を曲がるんだと思ったわ。でも、どれくらい走ったか、となるとねえ……。何しろ眠ってたわけだから」

エリカは、車が山道へ入ると、じっと周囲の風景に目をやっていた……。

「――これよ！」

エリカが、思わず叫んだ。

――もう、夏の夕暮れが近づきつつあった。

それほど長い間、エリカたちは、あの村を捜し回っていたのである。

いい加減、クロロックですら、

「もう今日は諦《あきら》めるか」

と、言いだしていた。

「だめよ！　とんでもない！」

と、エリカが頑張ったのは、むろん、みどりと千代子《ちよこ》のことを考えたからである。

今ごろ、あのふたりは殺されてしまっているかもしれないのだ……。

でも、そんなことはない、とエリカは信じていた。ふたりとも、絶対に生きている！

そうでなきゃ、小説が続かない――というのはともかく、エリカは、直感的にそう感じていた。

だからこそ、生きている間に、是非とも見つけ出したかったのである。

「――なるほど」

クロロックは、静まりかえった村を見回しながら、

「しかし、およそ人の気配がないな」

「でも、確かにここよ」

エリカは、村の中を歩いていった。

「あの家に閉じこめられたの。——ほら、来て！」

エリカは、その玄関へと駆けていった。

「ね？　表からカンヌキをかけるようになってるでしょ？」

「そうだな。——そう新しいカンヌキでもない。ということは、おそらく、おまえたちが初めての『お客』ではなかったということだな」

「気ままな旅をしてる女の子を、ここへ連れてきたのかしら？　でも、何のために……」

「あまりいいことじゃあるまいな」

と、クロロックは言った。

「じゃ、村の人たちは？」

と、高岡が、周囲を見回して、それから、

「大変だ！」

と、青くなった。

「ど、どうしたの？」

「陽《ひ》が落ちるよ！」

「それがどうかした？」

「きっと、この村の連中は吸血鬼なんだ！　だから、陽が出てる間は、お棺《かん》の中で眠ってるんだよ。そして夜になると、棺《ひつぎ》からはい出して、生き血を求めてさまよい歩くんだ……。怖い！」

と、ひとりでガタガタ震えている。

エリカは呆《あき》れてしまった。クロロックは少々不愉快な様子で、

「いいかね、吸血鬼というものは、B級ホラー映画に出てくるゾンビなんかとは違うのだ！　みっともなくさまよい歩いたりせん！」

「どうでもいいわよ」

と、エリカは父をつついた。

——三人は、その家の中、そして、他のいくつかの家も覗《のぞ》いてみた。

確かに、どの家にも生活の痕跡《こんせき》がある。ずっと暮らしているというわけではないにせよ、長く放ってあるわけでないのは確かだった。

「そうだわ。あの建物」

エリカは、あの夜、人々が集まっていた建物のほうへ目をやった。

「あの中を調べてみましょう」

——そこはいわば『公民館』という所らしかった。

畳《たたみ》で三十畳近い広さの部屋があり、それ以外は、台所がついているぐらいで、何もない。会合を開く時に使われたのだろう。

「きれいなもんだ」

と、クロロックは畳の上を指でこすって、

「埃《ほこり》もつもっていない。おまえの夢というわけではなかったんだな」

「当たり前でしょ！　疑ってたの？」

エリカは頭へきて言った。

「そうではない。――よく見ろ。古い建物のように見せているが、建ったのは最近だぞ。木材など、まだ新しい」

「じゃ、わざと古めかしく？」

「うむ。理由は分からんが……」

クロロックは鼻をピクピクさせていたが、少し眉《まゆ》を寄せた。

「匂《にお》うぞ」

「え？　何が？」

「もしかすると……」

クロロックは、真剣な表情で、立っている足元の畳を見下ろした。

「この――下？」

「うむ。血の匂いがする」

「やめてよ！　みどり！　千代子！」

エリカは、かがみこむと、畳の端へ指をかけて、エイッと引っ張った。必死になると凄《すご》い力が出る。

畳が一枚、ポーンと宙へ飛んでしまった。高岡が唖然《あぜん》としている。

エリカとクロロックは、床板をバリバリとはがした。

「やはり、この板も、いったんはがして、また打ちつけているぞ」

「ああ！——神様！」

エリカは、下の地面に下りた。

「盛りあがってるわ」

「何かを埋めたのだな」

クロロックは、エリカの肩へ手をかけると、

「私がやろう。おまえは、外へ出ていろ」

「いいえ」

エリカは首を振った。

「私の友だちよ。私が掘り出す」

青ざめた顔で、エリカは、はがした床板を使って、土を掘り始めた。眺めていた高岡は、

「僕も手伝うよ」

と、一緒に掘り始めた。

「ありがとう」

「男の僕がびくびくしているなんて。恥ずかしいからね」

高岡は、力をこめて土をかい出した。

「何か当たったわ。——気をつけて」

ビニールに包まれて出てきたのは、確かに人間らしかった。エリカは、ギュッと唇《くちびる》をかみしめた。

最悪の事態も覚悟しなくてはならない。

クロロックが、土を払い落としながら、その包みを畳の上に上げて、ビニールを引き裂いた。

神様！——エリカは、思わず目をつぶった。

「——違うぞ」

クロロックの言葉に、エリカは目を開けた。

女だった。——見憶えがある。

「この人……。私を助けてくれた人だわ！　岸田《きしだ》——容子《ようこ》とかいった……」

「刃物でひと突き。——まだそうたってはいないな」

クロロックは、立ち上がって、

「どうやら、この女は……」

「私を逃がしたのが分かったんだわ。だから殺された……」

「そうとは限らん。——あまり気に病《や》むな。犯人を捕まえるのが第一だ」

「うん……」

エリカは、岸田容子の遺体に手を合わせた。

——みどりと千代子は、どうなったのだろう？

「この遺体……どうするの？」

「そうだな。今は届け出ないほうがいい。犯人たちが、おまえの友だちをつかんでいる限りはな」

「そうね。——じゃ、いったん……」

「気の毒だが、また床下へ戻そう。土をかけておくだけでいいだろう」

——岸田容子の死体を床下へ戻すと、三人は、畳を元の通りにはめた。

「——おい」

と、クロロックが言った。

「妙な音がする」

パチパチ、と何かが弾《はじ》けるような音だ。

「煙だな」

クロロックは、ゆっくりと首を振った。

「どうやら、どこかで見ていたらしい」

「そうらしいわね」

と、エリカも肯《うなず》いた。

「何のことだい？」

高岡がキョロキョロしている。

「あれ？　何だか、外が明るくなってきたみたいだ」

「火を点《つ》けたのよ、この建物に」

「ああ、そうか」

と、肯いてから、

「――何だって？　火を点けた？　じゃあ……焼けちゃうじゃないか！」

「そうね。木造だし、すぐ火が回るわ」

「火が回るって……。ど、どうするんだい？」

「人間、諦めが肝心だ。私は人間でないから、諦めんが」

クロロックがのんびり構えている間に、早くも炎が窓から這《は》うように壁へ広がってきていた。建物の中に、白い煙が漂い始める。

「どうしよう！　消火器ないのかな」

「あっても、周囲から一度に火を点けてるのよ。消せやしないわ」

「じゃ——死んじゃうじゃないか！」

「まあ、落ちつけ。人間、落ちつきが肝心だ」

「生きてることのほうが肝心です！」

と、高岡が金切り声を出した。

「うむ。それも一理ある」

と、クロロックは肯いた。

「おい、エリカ。始めるか」

「うん。——穴にする？　それとも突破するか——」

「ここは、やられたと見せかけたほうがいい。畳をはがそう」

「はい」

クロロックとエリカは、手近な畳を二、三枚はがし、また床板をはぎ取った。

「床下から逃げるの？」

「そうじゃないの。穴を掘るのよ。——ほら、手伝って」

「うん……」

高岡は、しかし手伝うことができなかった。クロロックが、

「やあっ！」

と、声をかけると、猛然と床下の土を掘り出したのである。

土がまるで噴水の水みたいに飛び出してくる。——さすが人間離れした力で、たちまち深さ二メートル近い穴ができた。

「よし、ここへ入れ。——しばらく窮屈《きゅうくつ》だが、我慢《がまん》するんだ」

「生き埋めになるの？」

高岡が情けない声を出す、

「一時的によ。火が鎮《しず》まるまで。大丈夫。ほら、入って」

三人は、小さな穴の中に身を寄せ合うようにしてかがみ込むと、自分で頭から土をかぶった。

「そろそろだ。——頭をかかえてろ」

と、クロロックが言った。

ドドッ、と轟音《ごうおん》をたてて、建物は焼け落ちてきた……。

迷信

「メルシー。オールボワール」

古川昌男《ふるかわまさお》は、電話を切った。——それから欠伸《あくび》をして、

「さて、帰るか」

と、呟《つぶや》いたのだった。

オフィスには、もう誰も残っていなかった。何しろ夜、十時を回っているのだから。

蛍光灯の青白い光の下で、整然と並んだスチールの机と椅子。ワープロ、コンピューター、ファックス……。

OA(オフィス・オートメーション)の、ショールームみたいなオフィスである。

ヨーロッパとの貿易を主な仕事にしているこの〈M貿易〉は、中規模ながら、情報の収集や分析にかけては、業界でも最先端という定評があった。

社長で、この会社の創立者、牧田兼吉《まきたけんきち》が、常に最新式の機器を導入して、情報のシステム化、合理化を図《はか》っているからだ。

牧田は、もちろんワンマン経営者の常として、個人的な好みを仕事の面でも発揮することがあるが、『新しいもの好き』という性格は、この企業にとって、プラスだったと言えるだろう。

それに、社員にも、『無意味な残業』を強《し》いることもしない。この時間になると、誰もいなくなるというのは、貿易会社としては、珍しかった。

「――古川さん」

と、声が響いて、古川はびっくりした。

「何だ、君、残ってたの？」

ごく最近、経理に入った女の子だ。――ええと、名前何といったかな、と古川は考えていた。

せっかく、人のいないオフィスでふたりきりになったのに、

「君の名前、何だっけ？」

では相手が怒るというものだ。

そうだ、相原布子《あいはらぬのこ》だった。――古川は女性の名はよく憶《おぼ》えている。特に可愛《かわい》い子の場合は。

「いったん帰ったんです」

と、相原布子は、形のいい足を交差させて机にもたれて立った。

「途中で、お友だちと、ちょっと飲んで。——で、このビルの前通ったら、まだ明かりが点《つ》いてるから、誰が残ってるのかしら、ってびっくりして」

「で、見に来たの?」

「ええ」

相原布子は、ちょっと心配そうに、

「お邪魔《じゃま》でした?」

「そんなことないよ。もう帰るところさ」

古川は、椅子を机のほうへ押し込んで、

「一杯どう、って誘うところだけど、もう飲んできたんじゃね」

「あら、でも、相手が変われば……」

と言って、布子は、ちょっと額《ひたい》に手を当てた。

「何だか——めまいがしたわ」

「大丈夫かい?」

「ええ……。今ごろになって酔ったのかしら?」

「少し横になったら?」

「でも——」

「応接室のソファがいい。——さあ」

「すみません」

古川は、布子の体を支えるようにして、廊下に出ると、応接室へ連れていった。

小さな部屋だが、ソファは真新しくて、ゆったりと座れる。それに、ここには窓がないので、外から見られる心配がなかった。

「すみません、お手数かけて」

と、布子は、ソファに横になると、少し頰《ほお》を染めて、言った。

「構やしないさ。タオルでも濡らしてこようか？」

「いえ、大丈夫。――ここにいてください」

布子が、古川の手を握った。古川の心臓が、ドキドキと高鳴り始める。

「お仕事、もういいんですか」

と、布子が訊《き》いた。

「うん。フランスの代理店に電話しなきゃいけなかったんでね」

「フランス語も話せるんですか。――すごいですねえ」

「なに、仕事の話だからさ。恋を語るのはちょっと無理だ」

と、古川は笑った。

布子は、何となく目をそらして、

「古川さん……もてるんでしょ？」

と言った。

「いや、別に」

「嘘《うそ》。──評判ですよ。プレイボーイだって」

「僕が？　そりゃ光栄だな。しかし、世間の目は、よく分からないもんさ」

「岸田《きしだ》さん……。古川さんの恋人だったんでしょう」

「岸田容子《ようこ》君？　──まあ、こっちはそのつもりだったがね」

と、古川は苦笑した。

「違うんですか？」

「恋人だったら、突然辞《や》めたりしないさ。そうだろ？」

「そうですね……」

布子は、ちょっと微笑《ほほえ》んで、

「じゃ、振られたんだ、古川さん」

「そう。まったく情けないよ」

大げさにため息をつく。

「良かった。──怒られるかもしれないけども」

「僕が振られて？」

「ええ。──だって、私にも可能性ができてきたんですもの」

古川は、ちょっと笑って、

「君、いくつだい？」

「二十一です」

「若いなあ。──僕はもう二十八だよ」

「私、少し大人の人が好き」

──悪くないな、この子なら。

古川はそう思った。

「君……僕が残ってるの知ってて、戻ってきたの？」

「──だったら？」

「嬉《うれ》しいね」

「じゃ、そういうことにします」

ふたりがそっとキスしようと……。

「──電話だわ」

と、布子が言った。

「放っとこう」

「だけど──」

なるほど。そうか。

一般の仕事用の電話なら、テープが応答する。しかし、電話はずっと鳴り続けていた。

あれは、社内の人間用の電話だ。

「私、出ます」

と、布子が立ち上がった。

「いや、僕が——」

「古川さんが出たら長くなりますもの。私なら、誰もいません、って切っちゃえるから」

「なるほど」

と、古川は笑った。

布子が、応接室を出て、受付の電話へと走っていく。古川は、その後から、のんびりついていった。

「——はい、M貿易でございます。——え？ ——私、相原ですけど」

布子は、ちょっと戸惑ったように言ったが、すぐに、

「ああ！ ——岸田さん！ 誰かと思ったんです」

古川は足を止めた。

何だって？

「——ええ。じゃ伝えます。——分かりましたわ」

布子は電話を切ると、古川のほうを振り向いた。

「ひどいわ、古川さんったら！」

と、にらむ。

「何が？」

「彼女と待ち合わせてるのに、知らん顔で、私とキスしようなんて」

「彼女？」

「岸田さんです。これから行くからって」

「誰だって？」

「岸田容子さんですよ」

「そんな馬鹿な！」

と、つい声が高くなり、

「いや——ここへ来るなんて、知らなかったんだ。本当だよ」

「だって、ちゃんと知ってましたよ、古川さんがここにいること。——隠すことないじゃありませんか」

「いや……。ねえ相原君、本当に岸田君だったのかい？」

「ええ。声ぐらい分かりますよ。——じゃ、どうぞごゆっくり」

「ねえ、相原君、君もここにいてくれないか！」

と、古川は呼び止めた。

「やめてください！　私のこと、何だと思ってるんですか？」

と、布子は、キッと古川をにらんで、さっさとエレベーターホールへと歩いていってしまった。

「しかし……。そんなことが――」

残った古川は、しばしポカンとして突っ立っていた。

相原布子は、エレベーターで降りていってしまった。――古川は、ハッと我《われ》に返った。

「そうだ……。こんな所にいても――」

あわてて上衣《うわぎ》を取ってくると、古川は、エレベーターのボタンを押した。

その時、足音が聞こえてきたのだ。

エレベーターホールのすぐわきが、階段になっている。そこを、上がってくる足音。

コツ、コツ、という足音は、女のハイヒールのものらしい。

まさか……。まさか本当に岸田容子が？

エレベーターが、やっと上がってきた。

古川は、扉が開くと、急いで中へ飛び込んで、一階のボタンを押した。

扉が閉まる。――ちょうど足音が、古川のいた階へ上がってきたところだった。

古川はホッと息をついた。さっさと出てしまおう。誰が来ようと、知るもんか！

と——ガタン、とショックがあって、エレベーターが停《と》まった。どの階に着いたのでもない。

ボタンを何度も押してみたが、いっこうに動きださないのだ。

「ちくしょう！　どうしたんだ！」

苛立《いらだ》って、扉を叩《たた》いた。しかし、階と階の途中である。どうすることもできない。

そして——明かりが消え、エレベーターの中は真っ暗になった。

非常用の呼び出しボタンを、手探りで見つけ、押してみる。しばらく押していれば、誰か出てくれるだろう。

「——はい」

と、返事があった。

「おい！　エレベーターに閉じこめられてるんだ。何とかしてくれよ！」

と、古川は怒鳴った。

「そうですか」

何だか、遠く聞こえる声だった。——女か？

「至急連絡してくれ！　——分かったか？」

少し間があって、

「ご心配なく。こちらから、出向きます」

「君は――誰だ！」

「エレベーターの中も、気味が悪いでしょうけど、床下に埋められるよりはましじゃありませんか……」

古川はよろけた。

「馬鹿な！　そんなことがあるわけない！」

「今からそちらへ行きます」

と、声は言った。

「待っててくださいね、古川さん」

――しばし、沈黙があった。

古川は、エレベーターの中で、びっしょりと汗をかいていた。

息が苦しくなってくる。もちろん、乗っているのはひとりだけだから、空気がなくなる、という心配はない。心理的な胸苦しさなのである。

足音が、聞こえた。――しかも、頭の上で。

「そんな……。やめてくれ！」

誰かが、エレベーターの上に立っている、足音がしていた。

「ちくしょう！　消えちまえ！」

と、古川は叫んだ。

エレベーターの、天井《てんじょう》の蓋《ふた》が、キーッと金属音をたてて、持ち上がった……。

バリバリ……。

何か、枝を折るような音がして、牧田は顔を上げた。

「何だ、あの音は？」

M貿易の社長として、いつも夜遅くまで、海外の市況などに目を通しているのだ。

今も、もう夜中の一時だった。

ガタガタ、と、何かが動いているらしい音が、居間の外、庭のほうから聞こえてきた。

牧田は、五十八歳にしてはやせた体つきで、身も軽い。

スッとソファから立ち上がると、庭へ面したガラス扉のほうへと歩いていき、カーテンをサッと開けた。

信じられないものが見えた。

庭は、広い芝生と、池と、植え込みが広がって、夜でも、ほのかな照明で見えるはずだった。

ところが――目の前にあったのは、何と古ぼけたバスだった！

しかも、そのバスは、庭の植え込みを押し倒しつつ、まっすぐ牧田のほうへと向かってくるのだ。

「やめろ！　誰だ！」

やっと声を出した時には、もうバスは目の前だった。

牧田は居間の奥へと、転がるようにして逃げていく。

同時に、バスが、居間のガラス扉を、粉々に砕いた。

「——ちくしょう！　何てことだ！」

牧田は、バスがなんと居間へ突っ込んできたのに仰天《ぎようてん》しながらも、さすがに、すぐ落ちつきを取り戻した。

「一一〇番だ！——一一〇番！」

牧田は急いで居間の電話へ駆け寄ると、受話器を取り上げた。

「もしもし！——もしもし、警察かね？」

どうも妙だった。しばらく黙りこくっていた相手は、

「社長さんですね」

と言ったのである。

「何だって？」

「どうもその節はお世話になりました……」

何だかずいぶん遠くから聞こえてくるような声だった。女の声。——何となく、聞いたことのある声だ。

しかし、一一〇番へかけたはずなのに、なぜこんな声が……。

「あら、お分かりになりませんか。岸田容子です」

「誰だ、君は！」

「何だと？」

牧田の顔が一瞬青ざめた。

「馬鹿な！　いたずらはよせ！」

「私には、もう、いたずらしたくても、できないんですよ」

と、その声は言った。

「代わりに、あのバスが、お宅へうかがっていると思いますけど……」

「バス……？」

振り向いた牧田は、ガラスを砕いて、居間へほとんど乗り上げるようにして、停《と》まっているバスへ目をやった。

運転席には、誰もいなかった。いや、もちろん、逃げてしまったのだろうが……。

と、バスが、急にブルン、とエンジンの音をたてて、身震いした。そして、ゆっくりバックし始めたのである。

牧田は受話器を放り出した。誰も乗っていないバスが、後退していく。

そして、七、八メートルも退《さが》っただろうか。ガタン、と音がして、ギアが入れかわったらしい。

再びバスは居間へ向かって突進してきた。

「助けてくれ！」

牧田は、居間のドアを開けて飛び出した。

独り暮らしの牧田は、この広い屋敷に、手伝いの女性は使っていたが、近所から通ってくるので、夜はいつもひとりなのである。

助けてくれと叫んだところで、誰も駆けつけてはこない。

牧田は、ともかく玄関へと駆けていって、表に飛び出すことにした。——何といっても高級住宅地の一角である。外へ出れば、すぐ近所の家に飛び込むという手もある。

玄関のドアを開けて、牧田は——立ちすくんだ。

目の前に、壁があった。重いブロックを重ねた壁が、目の前、ほんの数十センチの所に立ちはだかって、手で叩いても、びくともしないのである。

いつの間に！——ちくしょう！

「そうだ、裏口から……」

牧田は、廊下《ろうか》を駆けだそうとした。

ドシーン、と凄《すご》い音がして、牧田は思わず立ちすくんだ。

居間の壁が崩れて、あのバスが、廊下へ出てきたのだった……。

何だ、これは？　悪い夢なのか？

牧田は、裏口へと走っていった。

台所を抜けて、裏手の出口へ出る戸をガラッと開けると——目の前に、パッと炎が立った。

「あちち……」

牧田があわてて後ずさりする。

とても通り抜けられそうにない。目の前に炎が広がっている。

「ちくしょう、こんなことが……」

牧田は、這《は》うようにして、息を切らしながら、廊下へと戻った。

「ワッ！」

バスが、まるで、生きもののように行く手を遮《さえぎ》っている。

もちろん、バスのほうも、窓ガラスは砕け、車体のあちこちがへこんで、バンパーが床を引きずっていた。それがなおのこと凄《すさ》まじいものを感じさせ、牧田は真っ青になって、

「助けて——助けてくれ！」

と、階段を駆け上がった。

二階。——そうだ二階から、電話もかけられる。下とは別の回線になっているはずだ

……。

寝室へ飛び込んだ牧田は、受話器をつかんだ。――が、その手は、プッシュホンのボタンを押すことができなかった。

ベッドに誰かがいる！

毛布が、人の形に盛り上がっているのだ。

「誰だ！――おい、誰だ！」

牧田の声は上ずっていた。手をのばして、毛布をパッとめくると……。

土で汚れた、ビニールにくるんだものが現れた。

牧田は、よろけて、後ずさった。

「やめてくれ！――頼む！」

牧田が、ベランダへの戸を開けて、表に出た。――ここから庭へ飛び下りれば……。

目の前に、何かが浮かんでいた。

「――古川！」

牧田が目を見開いて、愕然《がくぜん》としている。

古川が、シャツとパンツだけの哀《あわ》れな格好で縛《しば》り上げられ、宙にゆらゆらと浮かんでいるのだ。

牧田は、ヘナヘナとその場に座り込んで、

「許してくれ……。お願いだ……」

と、震える声で呟《つぶや》きながら、頭をかかえて、うずくまった。

「——ふたりの娘をどこへやった？」

と、男の声が、頭上から、響いてきた。

「あ、あの——」

「殺したのか？」

「殺したりしていない！　本社の——本社の地下の倉庫にいる。本当だ！」

「岸田容子を殺したな！」

「あれは——古川がやったんだ！　私は——ただ、黙らせろと言っただけなのに……」

「じゃ、古川にそう言ってみるんだな」

牧田はえり首をつかまれて、宙へ持ち上げられた。

「た、助けてくれ！」

と、手足をバタつかせる。

「お願いだ！　放してくれ！」

「そうか。じゃ、望みの通りにしてやろう」

牧田の体は、ポイと放り出された。ただし、そこはベランダの外だった。当然、牧田は庭へと一直線に墜落《ついらく》したのである……。

「──死んだ?」

と、エリカは言った。

「いや、骨の一本や二本は折っとるだろうけどな」

と、クロロックは言った。

「古川はどうする?」

エリカは、建設用のクレーンの先から、ピアノ線でぶら下げられている古川を見上げて言った。

「あのまま放っとこう。警察が下ろしてくれる」

「そうね。──じゃ、本社の地下へ行ってみるわ」

「うむ。私はここで見張っとる」

「少し痛めつけていいわよ、じゃあ!」

エリカは、駆けだしていく。

「やれやれ、元気な奴《やつ》だ」

クロロックは息をついた。

いくらクロロックでも、自分の超能力で、バスのギアを入れかえたり、アクセルを踏んだりするのは、容易ではなかった。

何とかうまくいったものの、すっかりくたびれてしまったのである。

「しかし――まったくけしからん奴だ！」

少し休んで落ちついてくると、クロロックは、また腹が立ってきた。

「よし！」

と、立ち上がると、完全にのびている牧田をヒョイとかかえあげて……。

――しばらくしてパトカーがやってきた時、警官たちは、クレーンの先からぶら下がっている下着姿のふたりの男――牧田と古川を見つけて目をパチクリさせた。

しかもその首には、〈私は人を殺しました〉と書かれた札《ふだ》がぶら下がっていたのである……。


「エイッ！」

エリカが力をこめて引っ張ると、そのドアはメリメリと音をたてて、やがて鍵《かぎ》が壊れる音とともに、パッと開いてきた。

「――みどり！　千代子《ちよこ》！」

エリカが明かりを点けると、そこには、哀れ縛り上げられてやせ細ったみどりと千代子が――と思いきや、

「あら、エリカ。生きてたの？」

「よく分かったね、ここが。——ね、このお菓子、結構いけるわよ」

目の前に山と積まれたお菓子の袋。そして、いちおう、小さなベッドがふたつ……。

「ふたりとも……無事だったのね」

と、エリカは、すっかり調子が狂って、言った。

「うん。エリカ、ひとりで崖《がけ》から落ちちゃったじゃない。だから諦《あきら》めて降参したの」

と、みどりが、和菓子をつまみながら、

「そしたら、目かくしされて、ここへ連れてこられてね……」

「まあ窮屈《きゅうくつ》だけど、結構いいもの食べさせてくれたわよ」

千代子なんか、どう見ても太った！

「呆《あき》れた！　人が死ぬほど心配したのに」

エリカも、怒っていいのか喜んでいいのか、さっぱり分からないのである。

「でも、そろそろここも飽きたね、って言ってたんだ」

「ね、みどり。——じゃ、家へ帰るか」

ふたりは立ち上がって、腰を伸ばした。

「ねえ、エリカ、ところでここはどのへんなの？　あの山の中？」

エリカは肩をすくめて、

「ビルの林の中よ」

と言った……。

「外じゃ大変だったんだから。——ともかく出ましょう」

エリカがふたりを促《うなが》して、地下の倉庫から出ると、いきなりひとりの男がエリカへと襲いかかった。エリカのマンションへやってきて、水野貴子《みずのたかこ》をおどした男である。

「さ、行こう」

エリカはパッパパ、と手をはたいて言った。

男は壁に激突して、大の字になっているのだった。

「じゃ……私たち、いけにえに？」

と、千代子が目を丸くして、みどりと顔を見合わせた。

「そうよ」

と、エリカが肯く。

「牧田が自供したわ。ふたりをもっと太らせてから、あの山へ連れていって、火の中へ投げこむはずだった、って」

千代子とみどりが、改めて青くなった。

「私、またやせよう」

と、千代子が、すっかりきつくなってしまったスカートを手でさすって、ため息をついた。

「しかし、信じられん話だ」

と、クロロックが首を振る。

「時代の最先端を行く企業のトップが、会社の発展を願っていけにえを捧《ささ》げるとはな。昔のトランシルバニアだって、そんなことはしなかったぞ」

「科学の進歩って迷信とは関係ないのね」

「いやそうでもない。――人間は、今、科学がすべてで、科学で何でも分かる、と思っとる。だから、逆におよそ迷信でしかないものにまでひかれるのだ」

「そうかもしれないわね」

エリカは肯いた。

――ここはクロロック家のマンション。

涼子《りょうこ》が、サンドイッチの皿を持って居間へ入ってくると、

「さあ、どんどん食べてね！」

と、テーブルに置いた。

「ワアワア」

と、虎ノ介《とらのすけ》がひとりで喜んでいる。

しかし──みどりもさすがに、ちょっと手を出すのをためらって──いや、やはりすぐに手を出し、パクパク食べ始めたのである。

「呆れたもんね」

と、エリカは首を振って、

「社員だって、そんなでたらめを──」

「いや、まさか本当に人を殺していたとは思っていなかったのだ。そんなふりをするだけだと思っていた。しかし、何人かの社員は、事実を知っていた」

「岸田容子さんも、それに気づいたのね」

「しかし、恋人の古川が、まさかいけにえにする女の子を誘拐《ゆうかい》してくる役だとは思わなかったのだ。ましてその恋人に殺されるとはな」

「ひどい奴！──絶対に許せないわ」

「それじゃ、エリカ」

と、千代子が訊いた。

「あのバスそのものが、偽《にせ》ものだったのね？」

「そう。運転手も乗客も、みんなあのM貿易の社員だったのよ。そして今までにも、気まま旅の女の子を見ると、うまくあそこへおびき出して、いけにえにした……」

「少なくとも、四、五人は殺しているということだ」

「——怖い！」

と言いつつ、みどりは食べている。

そこへチャイムが鳴り、涼子が出ていくと、高岡保男《たかおかやすお》を案内してきた。

「あら、高岡さん。水野貴子さんのこと、何か分かった？」

「分かったも何も——」

高岡は、憤然《ふんぜん》として、

「彼女、勝手に旅行へ出てただけなんです！　人をさんざん心配させといて！」

「まあ。でも、どうして？」

「いや……。僕がエリカさんに優しくするので、頭にきた、って……。昨日、澄ました顔で帰ってきたんですよ。まったく、頭にきちゃう！」

エリカは笑いだしてしまった。

「笑いごとじゃありませんよ」

と、高岡は渋い顔をしている。

「ごめんなさい。でも、彼女、本当にあなたのこと、好きなのよ」

「だけど、いたずらにも限度ってものが——」

エリカは、首を振って、

「それを寛大に笑って許してあげたら、彼女もきっとあなたの優しさに参っちゃうわよ」

「そんなこと、どうだって……。本当にそう思う？」

と身を乗り出す。

「請《う》け合うわ」

「じゃ、早速会ってこよう！——失礼しました！」

と、高岡はさっさと帰ってしまった。

「あ、そうだ」

エリカは時計を見て、

「岸田容子さんの声をやってもらった、演劇部の友だちに、食事をおごるって約束しちゃったんだ。出かけてくる！」

「おお、そういえば——」

と、クロロックも思い出して、

「あのバス会社の男にも、何か礼をせんといかんな。あの男が調べてくれたおかげで、牧田へ辿《たど》りつけたのだから」

「そうね。——じゃ、私、ちょっと」

と、エリカは、急いで支度《したく》をして、出ていった。

「——あの村は何だったんですか？」

と、千代子がクロロックに訊いた。

「うむ。牧田が作らせた、人工の村――というとおかしいが、古いように見せかけただけで、実際は新しく建てたものだ」

「じゃ、そのいけにえのために？」

「あそこで、君たちも何口かすると、丸焼けになるところだったのだ」

「いやだ！　せいぜい海水浴の陽焼けぐらいにしときたいわね」

と、みどりが言った。

「皮肉なもんだな。都会に住む人間が、案外迷信に取りつかれやすいのだ」

クロロックは、虎ノ介をあやし始めた。

すると……。

「――お父さん」

「エリカ、どうした？　忘れものか？」

「そうじゃないの」

エリカは、何とも言えない顔で、

「あの人が来たわよ」

と言った。

「あの人？」

「うん。――あの、バス会社の人。勝手に会社の帳簿を見たんで、クビになったんですって。お父さんが、雇《やと》ってやると言ってたからって……」

「そ、そうか」

クロロックは、やや焦《あせ》ったが、気を取り直して、

「任せておけ！　これでも社長だ。社員のひとりぐらい……」

「今夜、泊まる所がないんですって」

「じゃ、ここへ泊まればいい」

「そう！　良かった」

エリカはニッコリ笑って、

「どうぞ、入って。――遠慮なくどうぞ」

クロロックは、目を丸くした。

あのバス会社の男が、妻と三人の子供、そして自分の両親、妻の両親を引き連れて、何と九人もゾロゾロ入ってきたのだった……。

解説

大森《おおもり》望《のぞみ》

赤川次郎の著作が（オリジナル・タイトルの書籍だけで）五〇〇冊に達したと大きく報じられたのは二〇〇八年三月のこと。現在（二〇一一年末時点）では、五四〇作をゆうに超えている。主なものだけでも一六のシリーズがあるそうで、そのうちいちばんたくさん書かれているのは〈三毛猫ホームズ〉シリーズの四七作ですが、それに次いで二番めに多いのが、この〈吸血鬼はお年ごろ〉シリーズ。二〇一一年七月に出た『吸血鬼心中物語』で、二九作を数える。〈三姉妹探偵団〉や〈杉原爽香〉シリーズよりも巻数を重ねているのである。

そもそも、このシリーズが集英社文庫コバルト・シリーズ（コバルト文庫）で開幕したのは、いまから三十年も前の一九八一年のこと。八一年のコバルト文庫と言えば、新《あら》井素子《いもとこ》が『通りすがりのレイディ』を書き、氷室冴子《ひむろさえこ》、田中雅美《たなかまさみ》、正本《まさもと》ノン、久美沙織《くみさおり》の〝コバルト四天王〟が第一線でバリバリで活躍していたころ。その時代に始まったシリーズがいまも継続し、当時コバルトから出たタイトルがこうして次々に集英社文庫に収められて人気を博しているのだから、赤川作品の時代を超える愛され方もハンパではない。

じっさい、一年に一〇作以上の割合でコンスタントに新作を出しつづける持続力もすごいけれど、新装版や再刊の点数は新作以上に多く、すべてひっくるめると、二〇一一年の一年だけで、なんと五〇冊以上の赤川作品が新たに刊行されている。いやもうとんでもない数字ですね。

三十年前に書かれた小説をいま読んでも、（インターネットと携帯電話が出てこないのを別にすれば）まったく古さを感じさせないのが赤川マジック。だからこそ、何度も何度も、カバーを変え、判型を変えて、その時代にふさわしい新たな装いで出版されつづける。電子書籍全盛の時代になっても、赤川作品は変わらず読まれつづけることだろう。

さて、シリーズ第六弾にあたる本書『吸血鬼が祈った日』が最初に出版されたのは、一九八七年十一月。コバルト版の奥付広告を見ると〝「吸血鬼の娘エリカ」シリーズ〟と書いてあって、なるほど、当時はこれが公式のシリーズ名だったのか――と思ったら、同じ文庫のカバー袖には〝ホンモノの吸血鬼クロロックとその娘・エリカが大活躍の『吸血鬼はお年ごろ』シリーズ6弾目〟と書いてあったりして、シリーズ名についてては意外といいかげんです（ネット上では〈吸血鬼〉シリーズなどとも呼ばれてますが、現在は〈吸血鬼はお年ごろ〉シリーズが正式名称らしい）。

二〇〇九年には、シリーズ第一弾の『吸血鬼はお年ごろ』と第二弾『吸血鬼株式会社』が集英社文庫に入り、以後も着々と続刊が出ている。一方、本家コバルト文庫のほうはというと、前述のとおり、一九八一年から二〇一一年までに二九冊出ているから、ほぼ年に一冊のペース（八三年と九五年に出なかっただけで、あとはすべて年に一冊ずつ出ている）。この際、タイトルと刊行年をまとめて列挙すると、『吸血鬼はお年ごろ』（'81年）、『吸血鬼株式会社』（'82年）、『吸血鬼よ故郷を見よ』（'84年）、『吸血鬼のための狂騒曲』（'85年）、『吸血鬼は良き隣人』（'86年）、『吸血鬼が祈った日』（'87年）、『不思議の国の吸血鬼』（'88年）、『吸血鬼は泉のごとく』（'89年）、『吸血鬼と死の天使』（'90年）、『湖底から来た吸血鬼』（'91年）、『吸血鬼愛好会へようこそ』（'92年）、『青きドナウの吸血鬼』（'93年）、『吸血鬼と切り裂きジャック』（'94年）、『忘れじの吸血鬼』（'96年）、『暗黒街の吸血鬼』（'97年）、『吸血鬼と怪猫殿』（'98年）、『吸血鬼は世紀末に翔ぶ』（'99年）、『吸血鬼と死の花嫁』（'00年）、『吸血鬼はお見合日和』（'01年）、『吸血鬼と栄光の椅子』（'02年）、『吸血鬼と生きている肖像画』（'03年）、『私の彼氏は吸血鬼』（'04年）、『ミス・吸血鬼に幸いあれ』（'05年）、『吸血鬼はレジスタンス闘士』（'06年）、『吸血鬼は殺し屋修業中』（'07年）、『吸血鬼ブランドはお好き？』（'08年）、『吸血鬼ドックへご案内』（'09年）、

『吸血鬼と呪いの古城』（'10年）、『吸血鬼心中物語』（'11年）となる。これだけ並ぶと壮観です。『湖底から来た吸血鬼』と『吸血鬼と栄光の椅子』の二長編以外は、だいたい二編〜四編の中短編集（一話完結）になっていて、どの巻からでもとっつきやすく、すぐ読めるのが特徴。このシリーズのことをまったく知らない人が、たまたま本書を手にとって読みはじめても、なんの問題もなく、すんなり物語の中に入っていけるはず。作中の時間はすこしずつ進んでいるものの、第一作から最新作まで、読み心地にほとんど変わりはありません。

もっとも、このシリーズがめでたく三十周年を迎えるあいだに、吸血鬼をとりまく状況は大きく変わった。一九八一年当時、吸血鬼と言えばまだ、クリストファー・リー演じるドラキュラ伯爵に代表されるアダルトなイメージ（もしくは「はいザマス！」でおなじみ、『怪物くん』のドラキュラみたいなコミカルなイメージ）が強かったけれど、トム・クルーズが吸血鬼レスタトを演じた一九九四年のアメリカ映画「インタビュー・ウィズ・ヴァンパイア」（原作は、アン・ライス『夜明けのヴァンパイア』）が世界的に大ヒットしたあたりから、女性向けのヴァンパイアものが急速に増えはじめ、一九九七年には、サラ・ミシェル・ゲラー演じる女子高生ヴァンパイア・ハンターが吸血鬼と戦うアメリカのTVドラマ「バフィー〜恋する十字架〜」が登場、これが二〇〇三年まで続く人気シリーズとなった。

小説の世界でも、半分だけヴァンパイアになった主人公、ダレン・シャンの活躍を描くヤングアダルト向けファンタジー〈ダレン・シャン〉シリーズ全一二巻（二〇〇〇年〜二〇〇六年）が世界三九ヵ国で累計千五百万部以上を売る大ベストセラーとなり、映画化もされている。

しかし、それをさらに上回るセールスを記録したのが、平凡な女子高生と超絶ハンサムなヴァンパイアの恋模様を描くステファニー・メイヤーの〈トワイライト〉シリーズ。こちらは現在までに全世界でシリーズ累計一億部以上を売り上げ、映画版の「トワイライト／初恋」とその続編「ニュームーン／トワイライト・サーガ」も全米で記録的なヒットを飛ばした。中には、このシリーズをきっかけに吸血鬼に興味を持ち、集英社文庫の〈吸血鬼はお年ごろ〉を手に取ったという人もいるかもしれない。

しかし、メイヤーがシリーズ第一弾の『トワイライト』を発表したのは二〇〇五年のこと。女の子向けのヴァンパイア小説ということで考えると、〈吸血鬼はお年ごろ〉シリーズは、〈トワイライト〉を二五年も先取りしていたことになる。いまのところたぶん、これが吸血鬼小説の世界最長・最長寿シリーズだろう。

本シリーズのヒロイン、神代《かみしろ》エリカは、吸血鬼と人間のハーフという設定ですが、これまた、ヴァンパイア・ハンターものの人気アメリカンコミック『ブレイド』（ウェズリー・スナイプス主演で九八年に映画化され、のちにシリーズ化）の先取りと言えなくもない。もっとも、刀で吸血鬼をバッタバッタと斬《き》りまくるハードな壮絶アクションがウリの『ブレイド』とは反対に、〈吸血鬼はお年ごろ〉シリーズの特徴は、おなじみの登場人物たちの愉快な掛け合いと脱力ギャグ。

ヒロインの神代エリカは、吸血鬼の血を引いているわりに、いたってふつうの大学生。常人より多少は体力に自信があり、睡眠時間が短くて済むとか、ちょっとした催眠術が使えるとかの特技（？）があるものの、風邪《かぜ》を引いて寝込んだりするくらいだから、人間とほとんどかわらない。

エリカの父、フォン・クロロック伯爵は、トランシルヴァニアからやってきた由緒正しい吸血鬼というふれこみだが、十字架も太陽もニンニクもへっちゃら。「ひどい低血圧だから、昼間歩くとつかれるのよ」（『吸血鬼はお年ごろ』）という程度。「吸血鬼が祈った日」では、なんと少年野球のコーチを買って出るかと思えば、新興宗教の教祖と対決したりする（キリスト教徒に迫害されたトラウマがあるので、宗教アレルギーなんだとか）。

それでも、吸血鬼のイメージについては一家言あるようで、本書収録の「吸血鬼を包囲しろ」の中では、「この村の連中は吸血鬼なんだ！」と震えている青年に向かって、「いいかね、吸血鬼というものは、B級ホラー映画に出てくるゾンビなんかとは違うのだ！　みっともなくさまよい歩いたりせん！」と厳しく説教する（が、その直後、娘のエリカに「どうでもいいわよ」とあっさり突っ込まれる)。

エリカと違ってさまざまな特殊能力を持つスーパーマン(?)だが、新妻の涼子《りようこ》には頭が上がらず、尻に敷かれっぱなし。夫婦喧嘩《げんか》の巻き添えでエリカが家を追い出されそうになる場面(本書表題作)とか、もう爆笑です。

ちなみに、この名前の出典は、ロマン・ポランスキーが監督した英米合作のコメディ映画「吸血鬼」('67年)に登場するヴァンパイア、フォン・クロロック伯爵。どんな映画なのかざっと紹介しておくと、主役は吸血鬼伝説の研究者、アブロンシウス教授(ジャック・マッゴーラン)と、その助手のアルフレッド(ポランスキーがみずから演じた)。吸血鬼は実在するという自説を証明するため、教授はアルフレッドを連れて、トランシルヴェニア地方の田舎町《いなかまち》へとやってくる。純情なアルフレッドは、宿屋の娘、サラ(シャロン・テート)にひと目惚れ。が、サラは、フォン・クロロック伯爵(ファーディ・メイン)にさわられて——じゃなくて、さらわれてしまう。アルフレッドはサラを救出すべく、教授とともに伯爵の城へと赴《おもむ》くが……。

と書くとなんだかシリアスな吸血鬼ものっぽく見えるかもしれませんが、雪の中を旅しているうちに教授がコチコチに凍りついてしまったり、サラがやたらにお風呂好きだったり、ヴァンパイアに杭《くい》を打ちこむ金槌《かなづち》を教授が自分の足の上に落っことしたり……とベタなギャグ満載。吸血鬼パロディ映画の草分け的な名作です。

この映画がとりもつ縁で、ポランスキーがシャロン・テートと結婚したことでも有名ですが、エリカのパパがフォン・クロロック伯爵と命名された理由がなんとなくわかってくる快作（怪作？）なので、〈吸血鬼はお年ごろ〉シリーズの読者はぜひ一度ごらんください。

この作品は一九八七年十一月、集英社コバルト文庫より刊行されました。

集英社文庫

吸血鬼《きゅうけつき》が祈《いの》った日《ひ》

2012年1月25日　第1刷　　定価はカバーに表示してあります。

著　者　赤川次郎《あかがわじろう》
発行者　加藤　潤
発行所　株式会社　集英社
東京都千代田区一ツ橋2-5-10　〒101-8050
電話　03-3230-6095（編集）
03-3230-6393（販売）
03-3230-6080（読者係）
印　刷　凸版印刷株式会社
製　本　凸版印刷株式会社

フォーマットデザイン　アリヤマデザインストア　　マークデザイン　居山浩二

ISBN978-4-08-746785-7 C0193